中国往事

THE
RECOLLECTION
OF
CHINA

· 侠之大者

刘汉霖 著

作家出版社

谨以本书献给和平年代牺牲最多、奉献最大的人民公安！
致敬每一位不辱使命坚守誓言的人民警察！

致敬那些负重前行者

——刘汉霖《中国往事·侠之大者》序

梁鸿鹰

在时代发展的浪潮中，总有一些身影坚定地守护着法制正义与百姓安宁，人民警察便是其中的中流砥柱。最近读了青年作家刘汉霖的长篇小说《中国往事·侠之大者》，感触颇深。作品情感充沛，笔触细腻，情节生动，以改革开放到新时代的宏阔背景上，为我们书写了当代中国警察群体鲜为人知的故事，让这些负重前行者不乏惊心动魄的人生经历，带领着读者走进充满生死考验、激荡热血激情的刑侦世界，给我们以启发和教益。

小说的作者刘汉霖毕业于纽约电影学院电影创作专业，现已成长为当代一位著名青年导演和编剧，在摄影、美术、表演等方面也颇有建树。除电影纪录片等影视创作的主业之外，他积极投身社会公益，多年参与青少年心理健康服务，专注研究青少年犯罪、青少年抑郁自杀等社会热点问题，致力于将影视的社会影响力与公益实践结合起来，帮助更多年轻人走出心理困境，找到希望和出路，引导他们走向自我接纳、追求理想和重塑未来的道路，他本人也从一名普通的志愿者成长为功勋志愿者，获得了各种表彰和荣誉。他善于运用幽默、喜剧的手法来表现当代青年的生存现状，深入法制与社会学领域探究生命的价值。《中国往事·侠之大者》作为作者的首部长篇小说，改编自他创作的一部电影剧本，读过之后我们会发现，小说极大地延展和提升了影视作品原有的内涵。

让我有些出乎意料的是，初次写小说的年轻作者似乎已经走上了小说创作的一条良好路径，那就是贴着人物写、盯着人物写，紧紧围绕李国安这个主人公来做文章，让这个具体可感的主人公的命运始终牵动着读者的心。李国安自小怀有当兵的梦想，他从西北山区那个有着如靠背椅般青山绿水的小山村走出来，由体育学校踏入警营，从初出茅庐的片儿警，从跟着师傅"当学徒"做起，直到经过一次次案件侦破，逐渐成为经验丰富的刑侦骨干，他一步步成长的非凡经历，在作者的笔下，已经化为无数人民警察有担当、敢作为的缩影。李国安无论是面对狡猾的毒贩、凶残的绑匪，还是复杂的黑恶势力，都毫不退缩，始终活跃在打击犯罪的第一线，他在警察岗位上的每一步行走，都充满着艰辛与坚持，为保一方平安奉献自己的全部，直至含笑离开这个无比留恋的世界。

作者显然有着很成熟的讲故事能力，小说对各类案件的描写精彩纷呈，让人仿佛置身其中。在《除夕枪响》那一章里，李国安和搭档小张追捕逃犯的紧张刺激，牵动人心；《老蛇与阿昆》那一章写警方与贩毒团伙的斗智斗勇，可信可叹；而在

《天下无拐》一章里，我们更看到了为解救被拐妇女儿童跨国办案的险象环生……这些生动故事充分展现了犯罪分子的狡猾残忍，更凸显了人民警察的智慧、勇气和无私奉献，他们无论在多么艰难困苦的环境下，都以坚定信念和顽强毅力，克服重重困难，为守护国家法制尊严，保卫人民生命财产安全，随时准备奉献自己的一切。

作者其实并没有实际的警营工作经历，却能够将警察生活写得设身处地般丝丝入扣，这是很不容易的。究其原因，一方面固然是因为作者善于向本人参与的公益项目专家志愿者们学习，从他们讲述的故事中汲取素材，那些看似琐碎的陈年旧事，当下发生的侦破案例，经他之手，转化为一部精彩小说富于阳刚之美的血肉与骨骼。另一方面，也是更值得注意的，作者具有很强的想象力，这是拥有难得艺术创造能力的基石。比如，他并不是李国安那一代警察的同龄人，却能很好地把握其心理心态和情感情绪，小说全篇从李国安视角，以第一人称叙事，写出了主人公的喜怒哀乐和心路历程，写出了李国安那一茬人对昔日村庄的乡愁，对绿水青山的怀恋，写出了他不忘自己来自底层，始终珍视亲情乡情战友情，同情关爱普通人的大爱情怀，很见艺术功力，值得加以褒扬。

《中国往事·侠之大者》还有一点让我深有感触，那就是作者没有停留在让小说追求故事的惊险和吸引人等方面，而这正是不少公安题材、法制题材小说难有大的突破的通病。相反，他具有一种大视野大情怀，作品的立意显然是为"中国往事"而创作，说明了作者强烈的社会担当和责任感，他能够站在对当代中国过往的梦想、艰辛与光荣深情回顾的角度，去看待警察创造的业绩，并且将自己对社会问题的思考、对世道人心的忧思融入叙事之中，通过一桩桩案件和一个个警察节奏紧张的生活，各色人物的不同人生轨迹的展开，揭示社会矛盾，反映社会真相，反思城乡环境、国民素质等方面存在的弊端，引发公众思考社会治安问题的根源，提请人们关注预防犯罪问题，这同样殊为难得。小说还艺术地告诉人们，从"中国往事"中走来的人民警察对法制建设的维护，不仅为国家治理提供了保证，也对提升全民法律意识、唤起人们的守法自觉、促进社会文明进步发挥了不可替代的作用。

小说以讲述警察的刑侦故事为主要内容，更以深情笔墨礼赞了人民警察"侠之大者"的崇高风范与精神境界，小说让我们看到，在那些看似风平浪静的寻常日夜里，一大批像李国安和他的师傅刘国栋、局长杨德众等干警，一直在以默默无闻的付出，用自己的生命诠释着"人民公安为人民"的庄严承诺。他们无论是追捕逃犯、打黑除恶，还是侦破绑架案、跨国打拐等，面对改革开放初期的刑事案件多发，到如今的网络诈骗犯罪猖獗等，始终与时俱进，不断提升自身能力，应对着各种新的挑战，以担当与热血，彰显着法制的权威，他们弘扬正义，传递正能量，以实际行动增强了公众对法治的信心，维护了社会稳定，守护着国家发展和人民的幸福。师傅和前辈的言传身教使李国安一步一步成长为刑侦专家，李国安又将这种精神传给下一代，使忠诚、奉献、勇敢、服务、团结等警察精神不断得到传承。这本小说可以让人们深刻感受到人民警察的平凡与伟大，进而对干警的工作多一分理解和支持。为此，我们有理由对创作出这部佳作的年轻作者刘汉霖表示敬意。

是为序。

2025 年 2 月 21 日

目　录

一、靠山

我是体育学校毕业的，我从小就能跑，跑得快，也喜欢跑，因为跑步跑坏了很多鞋子。

我出生在西北山区一个叫李家庄的小山村，我们家祖祖辈辈都在山里生活、劳作，孩童时期的我从来没想过山外的世界。

我们村的人都姓李，我们的老祖是同一个人，后来分成了三个家族，是老祖的三个儿子的后代。我们村一共六十多人，现在年轻人都出去了，只有老人、妇女和孩子们在村里相互照应着。但是在我小时候，从大山里走出去，很难。

我们家在村西头，我们这个家族的房子都建在村西头，另外两个家族分别把房子建在村东头、村北头，三个家族在李家庄的房屋分布，形成三足鼎立的格局。

我们村在大山深处，很少有外村人进来，除非是娶媳妇。村南头是一座像靠背椅一样的石头山，那里住着我们李家的祖先。村里人很团结，不管谁家里老人离世，全村人都会帮忙，把老人安放在南山。村里人说，我们村的风水好，主要是有这个靠山，先人和我们住在一起，一直保佑着子孙后代嘞。

如果不是后来读书走出了大山，我还以为世界就只有我们村那么大，生老病死都在村里，全世界的人都和我们村里人一样，诚实、善良、总替别人着想。

我太爷爷是李姓三个家族中最重视文化的，他是清朝举人，所以我们家都很重视读书。我父亲后来考上了公办教师，教初中数学、物理、化学，我们村和邻村的孩子都是他的学生。我母亲也是教师，教小学语文、政治、地理，她和父亲在教书中认识，后来成了家，有了我们兄弟三人。

我在家排行老二，父亲给我们兄弟三人起的名字，充满了期待：李国庆，李国安，李国盛。字面意思就很明确，是希望日子一天比一天好，国富民安，繁荣昌盛。

我从体育学校毕业那年，赶上全国招调，应该是公安机关第一次大批量招社会毕业生，我和老张都去考了，还在一个考场。

我小时候就有个当兵的梦想，我们兄弟三人都想当兵，小时候总是拿着砍柴时精心挑选的树枝，扛在肩上当作步枪，和村里的同龄人玩骑马打仗，我哥驮着我，我拿着枪，战无不胜。可惜我们那个年代，普通百姓想当兵很难。我爸妈也舍不得让我去当兵，说是当兵太苦了，离家也远。后来当了刑警，才知道什么叫苦。

公安机关属于半军事化单位，早年实行的是师傅带徒弟的传帮带模式。我师傅是退伍后被分配到公安局的。在他们年轻的时候，教育环境和现在不一样。当时还没恢复高考，大家最高也就上到高中毕业，很多人甚至只有高小毕业。我师傅能读到高中已经很不错了。高中毕业后，基本只有两条出路，要么当兵，要么上山下乡。我师傅是部队子女，占了点"便宜"。那是七十年代，部队确实招了不少人。我师傅十六岁就去当兵了，听他说，还有更小的，十四五岁就去了，我师傅算年龄中等偏小的，大一点的也就十七八岁。

我是1983年参加工作的，刚开始是在派出所当片儿警，当时我们片儿警跟刑警是隔壁，每天看他们刑警出来进去的很神气，我就觉得干警察得干这个。

二、南下

老张总说我脑子里缺根筋。但是我记得，他又不止一次说过，这样没啥不好。

1983 年，我坐上了南下的火车，心里有一种很特别的感觉——兴奋，就是兴奋。听说这次从全国招调了三十多人，我和老张都入选了，我俩坐的同一趟火车。那会儿他还是小张，我是小李。

我们俩坐在绿皮车厢里，闷罐一样的车厢拥挤不堪，南来北往的旅客拿着大包小包，吵吵闹闹，空气里弥漫着男人女人身上不同的汗味。许多人没有座儿，只能站着。也有蜷缩躺在座椅下面的。

车厢内各种声音交织在一起，很嘈杂。我和小张一路上都很兴奋，小张是警校毕业的，他吹嘘说他们学校是中国最早的警校，清朝光绪年间建的，最早叫天津警务学堂，那会儿文官学生考试题目叫《守望相助论》，武官学生的考试题为《除恶务尽论》，兵学生的考试题目为《有勇知方论》。

"是不是听这考题就很有意思？你说《除恶务尽论》要写

成八股文，会是什么样的？"小张用肩膀扛了我一下。

"我觉得《有勇知方论》更难写吧？"我心里想的是怎样才能做到有勇有谋。

我们斜对面坐着一对儿夫妻，男的二十七八岁，微胖，懒洋洋地歪在窗边。女人抱着一个婴儿，一岁左右的女婴，那女娃一会儿哭一会儿闹，搞得女人很疲惫。男人自顾自，偶尔呵斥一声那女人："你能不能别让她哭了，还让不让人睡了！"

"小李啊！"

"老板。"

我和小张按照约定的角色，他扮演我的老板，我是他的马仔。老张从年轻时就总说，刑警就是便衣警察，在什么场合都不能忘了自己的身份，要找到合适的角色扮上。小张有这个瘾，他如果去演戏，一定是个好演员。

"咱俩打个赌吧。"

"赌？……赌什么？"

"你身上有多少钱？"

"十五块。"

"好，咱就赌十五块。"

我不明白他什么意思。心里盘算着，我兜里只有这十五块，如果赌输了，发工资前的日子该怎么过。

小张又在催我了。

"怎么样？不敢赌？"

"赌就赌！赌什么？"经不起激将，我决定迎战。

小张看了看对面那个抱婴儿的妇女。

"就赌接下来一分钟，这个孩子会不会醒吧。"

我偷偷观察那对母女，母女俩此时都睡着了，旁边的男人也睡得鼾声大起。一分钟之内断然没有要醒来的迹象。

"你选什么？"我问他。

"你先选吧，我选剩下的。"小张神秘地眨了一下眼。

"我就赌一分钟内孩子不会醒。"

"好。"

小张把那块金贵的电子手表从左腕上取下来，拿在手里，看着我，点点头。

计时开始。

十三秒……

二十七秒……

四十九秒……

就在我觉得稳赢的时候，小张突然冲着那个妇女大喊一声：

"小心！别砸着孩子！"

抱孩子的妇女突然惊醒，下意识地抱紧了孩子，眼睛迅速向头顶看去，然后疑惑地观察四周。

几乎就在同时，车厢里传来婴儿的啼哭声。

"五十七秒。"小张把手表放在桌上，赶紧向那个妇女道歉。

"不好意思，惊了孩子了，我刚才做了一个梦，梦见上面行李掉下来了。"

"没事……没事。"女人一边安抚孩子，一边冲小张摇摇头。

对面的男人也被吵醒了，坐起身冲着小张大吼一声：

"神经病啊！"随即转头换了一个姿势继续酣睡。

我从一连串的惊诧中回过神来，随即悄悄把身上所有的钱塞到小张手里。

"怎么样？服了吧？"

"你，耍赖！"

"你是觉得我不应该这样打扰她们母女吗？"

我点点头。

"你觉得我这样做不公平是吧？"

我再次点点头。

"我告诉你我的心理变化啊。"

我盯着他的眼睛，看他又要编出什么歪理。

"起初的三十秒，我看着这母女俩，我心里真的希望她们自己能醒过来。后来是每过一秒，我就越急切。到五十秒的时候，我觉得肯定没戏了。但是我必须得赢啊！我兜里没有十五块，我输不起。我只能实施我的备用方案。"

"你早就想过了用这招？"

"我觉得即使我打扰了这对母女，她也不会怪罪我，因为出门在外，女性通常弱小怕事，只能忍着。"

"那旁边的男人，你不担心吗？"

"是有点担心，不过我又没有特别过分，只要那个妇女不闹，应该不会打起来。"

"你这是在测试什么？"我忽然想到小张每次搞怪一般都

有目的。

"犯罪动机。什么样的诱因会促成犯罪实施。"

"啊！你想赢我身上的钱，编了一个看似我准赢的赌局，把我骗进去，然后寻找弱小的不敢反抗的目标……"

"犯罪动机加诱因，犯罪得逞。是这个理儿。"

小张兴奋地念叨着，冲我挥了挥手里赢来的我那十五块钱。

我有点恍惚。

火车在轨道上咣当咣当有节奏地行驶着，车厢里什么都没变，我的内心却产生了自我怀疑。

我是干刑警的料吗？

三、虎啸风生

鲲城的早晨充满烟火气。各种南北口味的早餐小摊热气腾腾。听口音就知道摊主都是外地人，在那个信息技术不发达的年代，这些摊主都是我们的朋友。有时候，一碗热干面的工夫，就能挖到一个重要线索。

对于粗犷的北方人来说，豆浆油条、包子稀饭，再来一小碟店家自己腌制的小咸菜，足以满足南下北方人的味蕾。

而南方人特有的早茶习惯，在我看来，那是有钱有闲人的去处。我从没想过，我的职业生涯将因为一个茶楼发生决定性转变。

八十年代初，南方已经可以嗅到改革开放春天要来的味道。从北方偏远的县城来到沿海热闹的县城，虽然都是县城，却有着天壤之别。刚到鲲城时，鲲城街头常见的大波浪、喇叭裤、尖领子，还有很多小商小贩做买卖，与我们老家完全不同。这些"资本主义尾巴"在我们老家不可能出现。鲲城街头那么多人不上班，没有正经工作，公然倒买倒卖，尤其是还有很多盗版磁带，邓丽君软绵绵的情歌飘在人头攒动的街巷。大街小巷都很热闹，充斥着欲望。

当时我觉得穿喇叭裤、烫大波浪的那些人不正经，想要刻意地和他们保持距离。但是后来我也穿上了时尚的皮衣，也觉得女人烫个大波浪很漂亮。

那天下了火车，我和小张吃了碗面就去鲲城市局报到。小张直接被分到了刑警队，我可能看起来不够机灵，被分到了派出所。我们办公的地方就隔一堵墙，但是那段时间我们几乎没见过面，他们那边每个人都很忙。

小张自从去了刑警队，就学会了喝酒，还学会了南方方言，他的衣着穿戴也越来越当地化，完全变成了南方仔。

看着小张的变化越来越大，我对刑警也越来越好奇。

他们究竟是怎样破案的？

破案需要经常喝酒吗？

像我这样酒量不行的人能当刑警吗？

后来我当了刑警才知道，当时命案数量不断上升，又不像现在到处都是摄像头，那会儿能用到的技术手段特别有限，也就只有指纹、足迹这些。别说 DNA 检测了，就连手机都没普及，用 BP 机的人都很少。为了找到犯罪线索，刑警队长提出了"高举酒杯，广交朋友"的策略。

我当时是片儿警，我的任务就是维护辖区的社会治安，我们所长说，只要保持街面见警二十四小时不间断，治安案件就会下降很多。小偷、无赖这些人只要看见有警察、警车在，都会老实。我觉得很有道理，所以我值班的时候，就会在大街小巷不停地巡逻，我希望我负责的区域一直保持安稳，不要出什么大事。

我是那种服从命令听指挥的人，虽然向往当刑警，但是我知道自己不是小张那样机灵的人，所以我觉得领导分配我做片儿警是有道理的。

这样的日子过了大半年。每天走在鲲城的街巷巡逻，渐渐地也被这个城市吸引了，这座海边城市就是有这样的魅力。"安稳"这样的词一旦停留在生活里，就会呈现出它的另一面——枯燥。

直到有一天，我在茶楼里遇见了一个人。

有段时间，我在辖区听到一个传言。其实街头巷尾的传言一直都不少，老百姓茶余饭后，总有些谈资。很多人听完后，就爱添油加醋地传播，一个传言传久了，就变得有鼻子有眼、有声有色，真假难辨。那时候没有互联网，也没有现在的自媒体，大家获取信息的渠道，除了报纸、收音机，就是街头巷尾的各种八卦。不过这次这个传言，还真就彻底勾起了我的好奇心。

传言的对象是我们市局的反黑大队长，说他被一个大老板收买了，最近总有人看见他坐着一辆皇冠车，吃喝玩乐从不避讳。有一个香港马仔司机，还有一个马仔随身伺候，很招摇。

我一听就很生气，警察队伍里怎么会有这样的人？尤其是反黑大队长，怎么能被收买呢？这种人在警察队伍，怎么得了！

转念一想，不能吧。难道是为了破案假装被收买？

可是传言并没有因为时间消散，反而愈演愈烈，对那位反黑大队长的描述也越来越清晰，很多细节听起来已经不像是编造的了，就连我也开始信了。

"哪个刘队？"

"就是打掉了好几个涉黑团伙的刘队，还上过报纸。"

我还去找过那份报纸，找起来倒也不是很难，毕竟在当时这是个大案子，很多人都看过，当地老百姓也都知晓。那短短几天里，关于刘大队的事儿越来越多，其中不少都是夸赞他的，说他破案手段了得，特别有魅力。大家好像夸得越多，就越忍不住在后面补上一句："可是你知道吗，这样的警察其实……唉……"后面的话欲言又止，让人心里直犯嘀咕。

有几天，我晚上临睡前也会想象反黑大队长的样子，怎么说也得是个一米八以上的大高个儿吧，要不然也不能够"光凭气势"就镇吓住罪犯，应该是个国字脸，想了很多次，最后又都被自己推翻了，因为被收买、找小姐，这样的人配不上这样的形象。

人，大概都有好奇心作怪。那几天我很想找小张证实我的猜测，但是一连很多天都没见到他。我忍不住就把传言中刘队常去的茶楼当作了巡逻的必经之地。

那天上午，我照常在茶楼这边巡逻。我看到一辆黑色的皇冠车大摇大摆地停在茶楼下，那一年，皇冠车作为广交会的接待用车，风靡一时，简直就是有钱有地位的象征，就像是今天霸道总裁的标配。

我看见司机把车停稳后，下车，毕恭毕敬地走到后座拉开车门，一个穿着笔挺西装的男人下车了，男人个子很高，大概有一米九，瘦高瘦高的，他随手一挥，就让司机在车边等着，自己上楼了。

不知道为什么，我当时就认定这个人应该就是传言中的刘大。那种做派，那种感觉。我得待在这儿，很有可能今天就能揭开反黑大队长的真面目！

我当时就走不动了，我给自己找了很多个理由留在这里，我就想看看这个刘大到底是个什么样的人。但是我穿着警服太扎眼，如果在这里久留其实不太方便，我又实在是忍不住，于是我就决定先斩后奏，先搞清楚"堕落的反黑大队长"真相。于是我就偷偷把警服脱了，悄悄上了楼。

楼上客人不多，已经过了早茶最热闹的时间。我看了看刘大的位置，选了个既能听见他那边动静又能随时盯着他的位置坐下。我其实也不太确定为什么，只是隐隐觉得如果他真的是一个坏人，我是不是应该做点什么。

刘大面前摆满了早茶点，豆豉凤爪、蒜香小排骨、叉烧包、肠粉、翡翠虾饺、烧卖、菜心……

我感到奇怪，九点多才来吃早茶，点这么多一个人根本吃不完，难道还有人来？难道刘大要在茶楼办公？

我在暗中观察着刘大的一举一动，内心有点小激动。无论如何，我要把看到的一切记下来，起码在真相面前我可以作为一个重要的人证。

大约过了二十分钟，从楼下上来两个穿皮夹克的男人，左手臂都夹着个黑色手包。他们上来的时候观察了一下四周，也看到了我，我和其中一个人对视了两秒，他似乎是想说什么，却什么也没说，径直向刘大走去。

我看到他们在刘大身边坐下，开始攀谈。凭直觉，我判断这两个人可能是警察，其中一个国字脸的人更是不怒自威，透出一脸正气。我相信我的判断，所以当时我觉得刘大应该是有事情要商谈，才特意点了一大桌子点心体贴下属。

两人在刘大面前坐下。

刘大起初露出不耐烦的表情，不愿搭理两位不速之客。后来渐渐专注地听国字脸说话。

三人聊些什么，我听不清楚，从刘大的表情来看，他有些紧张。

忽然刘大起身，几乎就在同时，那个国字脸的男人也猛地站起身。

"狗日的，你睁开狗眼看看这是什么？！你看看我是谁！"

国字脸男人从怀里掏出了警官证，一下子摔在桌子上。

"哐啷啷"，国字脸男人的椅子被他站起的动作带倒。他面前的刘大腿一软，也瞬间倒地。

我也吓了一跳，我想站起来，我认为我这个时候应该做点什么，但是我没有……我的腿有点发软，没能站起来。我为什么会害怕？

那吼声像是虎啸，像暴怒的老虎，那个国字脸的大高个儿站在刘大面前。

虽然跟我没关系，但是我心里一紧。刘大显然是吓坏了，他半躺在地上，撑起身子，哆哆嗦嗦的，隐约看到他裤子下面湿了。

"你……你是……"

国字脸看着吓尿的刘大：

"没错，老子就是刘国栋！"

刘大队长！原来这个像老虎一样的大汉才是真刘大！

"妈的，竟敢冒充警察招摇撞骗！吃了熊心豹子胆！"

刘国栋骂骂咧咧的，显然没有解气。

这时楼下冲上来了几个民警，把假刘大抓了起来，我还没缓过神儿，刘国栋已经走到我的面前。

"你是干什么的？"

"刘大好！我是派出所民警李国安，我负责这里的治安巡逻。"

"你怎么不穿警服？"

"我……那个……"

我不知道该说什么，不过刘大好像把我看穿了一般，扭头走了。

我愣在原地，心脏跳得很快，但是我知道不是因为害怕，我记得我当时很兴奋。

这就是刑警！刑警办案是这样啊！

过瘾！解气！坏人就应该这么治！

后来听说因为证据不足，也没能把那个假刘大绳之以法。只是被警方严厉警告之后，放了。后来那人灰溜溜地离开了鲲城，从此没敢在鲲城出现。

那天之后，我就一直想转到刑警队，那是一种沸腾的感觉，浑身的血液都在沸腾，我当时就对自己说，必须当刑警！

那个老虎一样的反黑大队长，激发了我的血性。

人，总想着一件事的时候，时间长了，没准儿真会出现奇迹。现在说的"量子纠缠"大概就是这个意思。

不久，机会来了。

四、除夕枪响

三十多人在一起脱产集中培训三天，对我来说是难得的机会。像我这样体校出身的学生，在警察队伍里并不多见。我虽然获得过全国体校散打冠军，但那只是竞技赛场上的荣誉，在警察专业队伍里约等于毫无经验，心虚得很。

作为一名新警察，我要补的课很多，这三天对我来说，就是快速充电的机会。更何况在授课老师的名单里，我一眼就看到了一个熟悉的名字：缉毒反黑大队长刘国栋。

三天的课程安排得很紧，六位老师一人讲半天，关于讲政策、讲纪律、讲法律的，我听得有点昏昏沉沉的，总是犯困。但是有刑侦专家来讲课的时候就不一样了，尤其是刘国栋来讲课的时候，我不但不困，还异常兴奋。

真正的刑侦专家不会专门给你讲理论知识，不会反反复复、一遍一遍地给你强调"证物要如何保存""摸排的时候要……"专家讲课都会用他们破获的案件来突出关键环节的重要性，尤其是刘大队长，他讲课极生动！同学们尤其喜欢他讲着讲着蹦出一句"他妈的""这孙子""奶奶的"……所有同学都很兴奋，都觉得刑警是一个很过瘾很豪迈的工作。那年刚开始流行金庸的小说，仗剑走天涯，快意恩仇，是许多男生的向往。

就这样我和小张又天天形影不离了，我们成了同学，接受刑侦的系统训练，包括用枪、格斗等。这让我回想起在体校的日子，各种体能训练这回派上用场了。我对刑警办案，尤其是抓捕现场充满了遐想。

"你们来之前应该都知道，鲲城要建设中国最大的特区，要充分发挥地理位置优势，造一个中国的消费特区，要超过香港、台湾、澳门。那么，鲲城从原来只是一个省的行政区，特别行政区，一下子要升格成省级直辖市了，所以各方面都要充实人马。改革开放这几年经济发展很快，但是案件也大幅度增加，尤其是刑侦人才不够，应付不了。我们缉毒反黑大队也是刚成立，主要任务就是扫除从香港、台湾过境来犯罪的黑恶势力。改革开放政策带来了外商投资，促进了经济活跃，经济发展形势看好，是好事。但是对于咱们警察来说，要警惕打开国门之后，苍蝇蚊子臭虫，什么乱七八糟的东西都飞进来，咱们得做好那层纱窗。要履行国家赋予我们的职责，守好南大门，为改革开放保驾护航。这次脱产集中培训，机会难得，非常重要，希望大家把握好机会，好好学习，在当前刑事案件高发的严峻形势下，想想我们应该怎样应对。"听了政治部主任王海波一番话，我才明白为啥要办这个培训班。

那时电影电视剧产业还不发达，也看不到国外的犯罪大片什么的。对于黑社会只能凭空想象，就觉得是无恶不作、胆大包天的一帮坏人，甚至警察也拿他们没办法。现在命案侦破率已经是99%，八十年代初，鲲城的命案破获率估计只有30%，据说全国最好的省市也不超过50%。全国刑侦都面临警力不足、刑事技术人员匮乏的困境。鲲城"两头在外"犯罪特征更突出，搞得我们分管刑侦的陈建国局长很头疼。警察破不了案，犯罪分子就更嚣张。

刘国栋大队长讲到的几个黑社会抢劫、绑架的案例，让我大开眼界。他那种一边讲课一边提问的方式，很受大家欢迎。我们在他启发式教学的带动下，很快进入刑侦业务探讨模式。

刘国栋算得上是新中国第一批经过系统培训的刑侦技术人员。他回忆，自己当时在中央民警干校学习，教他们刑事技术的几位老师都是留苏归来的。在新中国成立初期，我国刑事侦查体系在法律体系和体制方面，很大程度上借鉴苏联模式。毕竟在那个时候，全国上下都在学习苏联老大哥。当然，这一体系也有着多元的历史渊源。其中一部分可追溯至延安时期，最早甚至能追溯到国内革命战争时期的老苏区。

"我们国家，特别是刑事技术领域深受苏联影响，大约90%的技术体系源自苏联。解放战争期间，随着局势的发展，我们陆续收编了一些起义的国民党警察，其中有部分从事技术工作的老留用人员，这些人原本隶属于国民党，而国民党的技术人员大多是由美国培养的。在解放战争和抗日战争时期，我国刑事警察队伍很大程度上由军统人员掌控。比如，当时重庆市公安局的刑警大队长，虽职务上叫刑警大队大队长，实则是军统成员；还有上海市的公安局局长，以及许多其他地方的公安局局长，本身都是军统出身。他们手下技术人员所掌握的技术，大多是从美国学习而来。"

我忍不住举手提问："美国跟苏联的刑事技术有什么不同吗？"

"使用的技术方面差异不大，比如指纹识别之类，无论是我国还是美国，其技术原理和基础操作大致相同。但是由于法律体系的不同，导致操作流程、体制以及工作流程存在差异。对证据的要求和使用也不太一样。英美法系和苏联法系是两码事。美国奉行'疑罪从无''宁愿错放一千，不可冤枉一人'，这使得他们在证据认定上要求更为严格。但实际情况并非完全如他们所说的那样。我们查阅过很多国外的资料，在他们的法律体系下，也存在不少冤假错案。甚至在一些案例中，由于所谓证据不足而被释放的罪犯，后续对社会造成更大危害，引发了社会恐慌。设想一下，如果真的错放大量罪犯，那对社会治安会带来什么样的影响。"

"为什么现在的抢劫、绑架案件越来越多？"有同学提问。

"中国有句老话，人为财死，鸟为食亡。大概能解释这个问题。你们看，抢劫、绑架案的最终目的是什么？是侵财。改革开放带来了经济活跃，我们的警力，包括立法、法制建设都还没跟上，不法分子就会钻法律空子进行违法犯罪。你比如说，抢劫和绑架罪，在香港没有死刑，香港现在归英国人管辖，要到 1997 年，才能回归祖国。现在香港对于抢劫和绑架犯罪，最重判罚是终身监禁。这两类犯罪，和毒品犯罪的判定情况类似，都讲求人赃俱获。要是警方手头证据不足，不仅得把犯罪嫌疑人无罪释放，还有可能得向犯罪嫌疑人支付巨额经济赔偿。"

"那为什么缉毒和反黑在一起？是不是吸毒的人和黑社会都有关？"

"毒品犯罪那可是暴利行业，是黑社会赚钱的一大途径。但那些黑社会老大、贩毒老大自己都不吸毒，只贩不吸。为啥呢？人一旦沾了毒品，就全毁了。缉毒工作在全世界范围内，和警方的关联都是最多的。毒品问题，这可是全人类的共同问题，不管是哪种社会制度，都害怕被毒品侵蚀，人都被毒品害没了，什么制度也维持不下去，所以各国都很重视，而且基本不太受政治因素影响。就拿咱们来说，已经和香港、澳门的警方展开合作了，省里也在筹备设立禁毒办，这足以看出国家对禁毒工作的重视程度。"

对于同学们的提问，刘大队一般不直接给答案，他会用真实的案例解答。对于公安机关的历史，他也能像讲故事一样讲得引人入胜。

"我们在座的每一位公安民警，不管是哪个警种，首先要明确公安职责。咱们公安部是新中国成立初，国家就组建的，当时叫中央人民政府公安部，下设一厅（办公厅）、一部（政治部）和六局（政治保卫局、经济保卫局、治安行政局、边防保卫局、武装保卫局、人事局）。你们看，刚开始并没有刑侦局。但是随着社会不断发展，刑事案件越来越多了，这几年我们深有感触，命案持续高发，抢劫、绑架、抢银行恶性案件全国各地都有，犯罪分子这是公然在向我们挑战，他奶奶的！你们知道刑事技术是从哪年开始发展的吗？"

看我们没有一个人能回答，刘国栋接着说：

"是1976年，就是粉碎'四人帮'那年。在还没粉碎'四人帮'的时候，周总理签署命令，从全国各省抽调108名年轻民警去中央民警干校学习，那是第一届刑事技术学习班。为什么要组织这个学习班呢？因为当年发生了一起命案，一个日本人在中国跳楼身亡。当时公检法被砸烂了，办案人员都下放去五七干校，到农村去了。这起案子不但没破，连现场原始资料都没留存。日本方面照会我们，一个劲儿催着破案，案子破不了，就要求我们提供现场原始资料、法医检验结果等，这些我们都提供不了。

"当时一是专业人员都在五七干校放牛，剩下的人不会办案，不知道从哪儿下手；二是大家也没心思办案，过去的工作流程全被打乱了，去现场随便看看、糊弄一下就完事，能破就破，破不了就算了。谁能想到日本人对这事儿特别在意，又照会又抗议的，让刚缓和的中日关系蒙上了阴影。周总理说公安机关这些还得恢复，他明白要是没有大量优秀刑侦人才，会积压一大批难以查清的案件，这肯定会导致社会动荡、人心不稳。周总理批示后，中央民警干校很快就恢复了。"

"那当时选这108人，都要什么条件？"我好奇地问。

"当时选的这些人，都是从全国各地抽调的。那时候不用考试，就单纯挑选政治可靠、年轻的。在那个'文化大革命'批臭老九的年代，大家都觉得越有文化越不行，也没人抢着去参加学习。我记得当时让我去学习的时候，我还不太愿意。问学什么，说是学痕迹检验，我直接就说不去。可上面说不去也得去。我就跟领导讲条件，说就算去了，学回来我也不干这个，还是要当侦查员。领导就哄着我说，回来再说，我这才去了。学完回来就到了刑警大队一开始叫技术组的地方，像法医、痕迹检验、化验这些专业都在这儿，我就当了技术员。"

上完刘大队的课，像喝了五瓶啤酒，脸上、身上都热乎乎的。感觉我们三十多个年轻人身上，都多了一股子野性，处于一种亢奋的状态。

"政治可靠，年轻。这两个条件我都具备啊，我肯定能选上吧！"下课后，我和小张念叨着。

小张看着我，认真地对我说："我跟你说，刑警队真缺人，现在案件多得干不完。你要真想来，赶紧去找找刘大。"

三天集训结束后，我们才得知，这次的集训是分管刑侦的陈建国副局长在政治部的支持下举办的。我们每个人的课堂表现，在一定程度上，为我们今后的职业发展提供了某种机会。

我在培训中第一次清晰地认识到警察的光荣使命感。

新中国成立之初，警察的职责是锄奸反特，取缔妓院，打击会道门，保卫党和国家政权，守护人民生命财产安全。

六七十年代，党的政治地位稳固，维护社会治安，维护国家政治安全，打击刑事犯罪成为人民警察的重要工作之一。

进入八十年代，警察除了要保卫改革开放的成果，落实改革开放的政策，更加严厉打击犯罪，保护公共和私人财产，成为迫切需要。面对急速上升的刑事案件，公安部刑侦局领导鼓励各省多招能人、快侦快破命案，动员一切可以动员的社会力量。

陈局分管鲲城刑侦工作，基于鲲城外来人口多，犯罪嫌疑人和受害人大多来自外地的实际情况，想到了面向全国进行社招，在社招的年轻人中选拔好苗子充实刑侦队伍。

于是，我有幸进入了刘国栋的视野。可能是茶楼奇遇，可能是集训课堂的积极发言提问，也可能是我掩饰不住的对侦查破案的好奇，或许还有他看出了我对他的崇拜，总之，在那之后，我经常被抽调到反黑大队参与某个专案的配合工作。

像我和小张刚刚毕业分配过来，或者是外调过来的，没有任何人脉关系，必须努力工作，争取机会进步。我刚开始接到的任务，基本上就是一些跟踪、摸排、搜集证据等基础性工作。

我和小张成了搭档，主要工作就是走访、摸排，还有在案发现场帮助拉警戒线。核心案发现场我们进不去，只能在案情分析会上看现场的照片，听老刑警们分析案情，判断侦查方向，确定侦查范围后我们就开始干活了。

自从开始参与办案，对于排查和走访的重要性我在认识上有了一些转变，也不觉得那么累和枯燥了。警察办案就是不断地"查—否—查—否"的过程，可能你查了上千条线索，都没有一条是有用的，但是你认真查过了，穷尽所能去查否了，就对侦查方向有帮助，至少可以逐步缩小侦查范围。

那是一段快速吸收养分的日子。虽然我还在派出所，但那段时间晚上走夜路回家，脑子里常常会想着自己什么时候能参与破获一桩大案，喝酒的时候也能吹吹牛。

很快，就到年底了，我和小张紧绷的神经有点放松了，离家一年，第一次远离父母，想家了。我妈也催着问哪天到家，准备给我包猪肉大葱饺子。

现在想想，那种急迫想回家的想法很不负责任。因为年底正是盗抢类案件高发时段，我心里却总想着回家跟爸妈说点啥，让他们觉得我有出息。

刚过完元旦，赵黎明副队长叫我和小张过去，问我们老家的事，具体在哪个村子，家乡方言会不会说，还有当地的风土民情之类的。

小张当时就面露欣喜之色，他比我聪明，想来应该在问会不会说家乡话的时候就察觉到了，领导是在考虑要不要给我们派任务。事实也确实如此，过了几天，刘大就找我们谈话了。

"有个任务，希望你们两位参加，今天来征求你们的意见。"

刘大这是明知故问，就连我都能看出来刘大那有点狡猾的、明摆着是给我们机会就看我们要不要这个机会的试探。我和小张都非常兴奋，不假思索抢着答应下来。

刘大随后对我们再三交代，说这次任务最重要的是隐藏身份。

"回到家乡会有许多人认识你们，这是优势也有危险，一定要机灵点。"

我和小张满口答应着，嘻嘻哈哈抢着表态说我们保证完成任务。

突然刘大急了，斥责道："妈的，我说的什么你们听明白没有？"

我和小张对视一眼，我感觉我俩都慌了一下。先冷静下来的是小张。他迅速调整状态，非常严肃，郑重地对刘大说："听明白了，刘大，我们一定遵守纪律，注意安全。"

"你明白就行，你小子应该没问题，你多带带这兄弟，要命的事！不是闹着玩儿的！"

刘大说完挥了挥手，让我们回去做准备，过几天一起开会，领任务。

我没想到，这次任务让我留下终生的遗憾。

严格意义上说，这是我和小张第一次独立办案，也是小张第一次带人独立办案。刘大对小张寄予厚望，小张也想在这次行动中荣立战功，为自己争取更多参与重大案件的机会。而我，就想着好好表现，争取完成任务后能顺利调入刑警队。

我们这次的任务是追捕一名命案在逃犯。

改革开放初期，省际之间的流动人口快速增多，云南、贵州、四川、河北、河南等内陆地区人口，开始向广东、福建、浙江等沿海地区流动，给原有的公安户籍管理制度带来了挑战。八十年代初，流动人口管理是个大难题，各地面临的最大问题也是"两头在外"的犯罪，就是犯罪嫌疑人是外来的，受害者也是外来的。犯罪嫌疑人来无影去无踪。那时候没有现在的大数据、信息化，想找人、抓人，还是依靠最原始的方式查找犯罪线索。

鲲城当时是百废俱兴，要建成中国消费特区的消息激励了外商、港商、台商来投资，随之而来的侵财类案件发案率快速攀升。商机，对于经济利益相关方，都是机会。对于商人来说是赚钱的机会，对于想赚快钱"不劳而获"的犯罪分子来说，哪里有钱，哪里就有犯罪诱因。

临近春节，警情不断，每天都有不止一起。我们常常三更半夜跟着队长去出现场。去现场的路上，要是看到别的中队的车开到我们前面，就一定要超过他们，大家都在暗自较劲，看谁先抵达。到了现场，就开始比看谁先出料。大家都有竞争意识，虽然工作中需要相互配合，但竞争也时刻存在。

在那个时候，流窜作案的破案难度极大。当年通信工具只有 BP 机，既没有手机，也没有互联网，更别提天网、天眼系统了。绘制重大犯罪嫌疑人的模拟画像，只能靠手绘，五官、脸型、发型这些特征都只能靠推测，画像的准确度很难保证。当时能查到的各种照片数量少，清晰度也不高。一般情况下，罪犯只要能成功逃跑超过七十二小时，想要抓到就相当困难了。所以，接到警情后抢先到达案发现场，尽快发现有价值的线索，这就像是在与犯罪嫌疑人赛跑。因为一旦不能快速找到有价值的线索，就意味着嫌疑人很可能逃跑成功。要是让他们跑了，我们心里就又多了一份遗憾。

研究犯罪学，就是研究一门社会学。人只要是在社会中生存，就会留下轨迹。车是轨迹，视频是轨迹，电磁是轨迹，人的心理也是轨迹。顶级案件的侦破，其实是靠心理轨迹和推理。

根据老刑警的经验，想要抓捕这样的罪犯还是有办法的，因为这里有一个普遍的规律，在当时的社会环境下更是如此。

如果说要给几乎所有中国人，无论好人还是坏人，找一个普遍的规律，那会是什么呢？其实很简单。

"回家过年。"

有钱没钱，回家过年，这是中国人的执念。尤其是赚了钱的，不回家过年，如同锦衣夜行。对于罪犯也是一样的，突然手里有了钱，总会想着找个机会炫耀一下，所以过年期间追逃的成功率很高。

我们这次的任务就是趁着过年的时候，追捕一批身负命案的重大在逃犯。

根据岁末年初违法犯罪的特点和接处警的实际情况，鲲城市局由刑警大队牵头，首次实行多警种联动，集中力量严厉打击那些影响城市安全和群众切身利益的违法犯罪行为。专门成立了"追逃行动组"，准备在春节期间来个集中收网。追逃小组对几类恶性案件的逃犯原籍进行了详细分析和研究，像对抢劫杀人、吸毒贩毒、入室盗窃杀人、抢劫金店、抢银行、强奸妇女等重大在逃嫌疑人，都做了周密的部署。这个春节要大干一场了！

追逃小组在这些逃犯可能出现的二十三个地点进行了布防蹲守，刑警队全体参战，分兵部署。其中，我和小张负责的是离我们老家比较近的第十七号位。

我和小张参与的是对一个贩毒团伙的收网行动。按计划兵分三路同时收网：第一路，由卧底侦查员假扮毒品买家，抓现行，争取人赃并获；第二路，在贩毒团伙的窝点蹲守，适时采取行动，争取一窝端；第三路，追踪回家过年的贩毒团伙人员，进行抓捕。

我和小张负责第三路，追踪的目标嫌疑人，姓冯，外号"冯二"，曾因盗窃罪坐了六个月的牢，刑满释放后不久，一起抢劫杀人案现场提取的指纹，和他留在监狱的档案比中，确定他是重大嫌疑人。在梳理贩毒团伙人员关系时，又发现他与贩毒团伙主要成员联系密切，很有可能涉嫌贩毒。根据线人提供线索，冯二的父母就在我们邻村冯家湾，每年春节他都会回家过年。

我和小张看了专案组对嫌疑人原籍的社会关系进行的全面梳理，提前一个月来到目标所在的冯家湾。我们伪装成在外打工的回乡人，因为醉酒打架被老板炒鱿鱼，钱也花光了，准备在离家不远的地方搞点小买卖，赚点钱再回家过年。

在去往冯家湾的必经之路，距离村子不远处有一个小旅馆，是我和小张的蹲守点十七号位。小旅馆不大，只有六个房间，生意还不错，主要是外地客商来村里收山货的落脚点。店里的老板娘做得一手好面，深得住店客商的好评。我和小张在旅馆住下，抓紧熟悉周围的环境。

"老板娘，你这面做得太绝了！太好吃了！"

"好吃，就多吃点。小伙子，你们也是来收山货的？"老板娘问。

"收山货赚钱吗？我们想试试。"小张反应快，接话也快。

"那要看你们有没有路子了，你们去村里收的价都差不多，主要是看你们卖的价，能赚多少差价。卖给镇上的饭店价格不会太高，听说如果卖得远一点，一斤山货能赚两毛钱。一次来多收点，能赚不少钱。"

1983 年，我刚参加工作，一个月的工资是三十六块，那时大米两毛钱一斤，猪肉七毛多一斤，大白菜三分钱一斤。收一斤山货就能赚两毛钱，可以干啊！我寻思着。

"老板娘，我们现在进村里能收上来什么？"

"金钱草、积雪草、蘑菇、木耳、猴头菇……草药菌菇都有。你们看见没，我们村后面那座山，那是个聚宝盆，里面的野生菌菇长得跟别处的不一样。如果不是那山比较陡，你们收山货的都想自己上山去采。"

"对呀，我们也能上山去采吧？"

"那不能。以前是集体经济，山林归公社管。现在分给村民了，各家各户看得紧。你们也别冒那个险。听说有个抠门儿的客商，自己上山去采，结果从山上摔下去死了。村里人就说，靠山吃山，这座宝贝山是祖上留给自己后人的，外人想来占便宜会招灾的。一直以来，都是村里人上山去采，卖给收山货的外地人。"

"那这村里的人都会爬山？"

"那有啥稀奇，孩子们从小都在山里玩，跟野猴子一样。"

我和小张对视一眼，心想，冯二如果跑进山里，可就更难抓了。

其实我们还有一个点，十六号位，就设在冯二家隔壁，由刑警队的两个老刑警扮作走亲访友的远房亲戚猫在那里，也是以山货生意为掩护。

我们的任务是在村外，我们先是假装想要做点小买卖，经常在集市逛游，和村民聊天，拉近关系，实际上我们在观察村民的各种习惯，尽快融入村民中，打听情报。

有一次小张借着帮助一个大娘搬运东西回村，进村子瞧了瞧，他刚踏入村子，村民们就察觉到他是个外来者。第二次再去时，就有小孩说：

"那个搬东西的叔叔又来了。"

小孩的反应，很让我替十六号位的两位同志捏一把汗。

"他们不会被村民发现吧？"

"不会！你怎么跟做贼似的！"小张笑着说。

我和小张反复琢磨后，买了些鞭炮，在路边支起个小摊。小张说，快过年了，咱两个外地人，不收山货又不回家，容易让人起疑，只有卖鞭炮可以多待几天，扛到抓住冯二为止。我们把鞭炮小摊摆在进村的必经之路上，观察着冯家湾出来进去的每一个人。

对小张的语言沟通能力不佩服不行。他的吆喝声引来了过往的村民，我们进的鞭炮很快就所剩无几。他真是干啥啥行，他即便不做警察，去做生意也是一把好手，没准儿也能成为一个万元户。

"我觉得咱别吆喝了，别忘了咱是来干啥的。货不好进，卖完这些咱就没啥可卖的了。"我有点担心。

小张觉得我说的有道理，就停止了叫卖。只有主动走近我们摊位的人，我们才会热情接待。没有销售压力，没有KPI，用现在年轻人的话说，这活儿干得太爽了！

没有人光顾我们的小摊，等着无聊的时候，我们俩忍不住在小摊儿附近互相炸炮仗玩儿，刚开始我还担心会不会太引人注意，不太妥当。小张说，你想多了，我们就随意一些，显得更真实。我看到路过的人确实没人在意我们，或许在他们眼中，我们只是两个无聊的社会闲散小青年。

腊月二十八一大早，小张的 BP 机收到指挥部发来的信息：四号位就位。一号位、十六号位待命。

按照出发前专案组约定的暗号，这个信息说明目标已经回村，出现在第四号蹲守位，那是嫌疑人的大伯家，冯二从小跟着大伯长大，对大伯很有感情，回家去看看大伯在情理之中。重要的是，特情人员所在的一号位和十六号位，要随时待命，准备动手了。

说实话，看到这个命令，我和小张心里都有点失落，感觉这次又白忙活一场，要和嫌疑人失之交臂了，小张也觉得这次立功算是没指望了。

我们当时都缺乏紧张感，总觉得天塌下来也有刘队他们扛着，我们虽然距离嫌疑人很近，却有一些游离于事外的不真实感。

后天就是除夕。我和小张都准备站好最后一班岗，等待一号位和十六号位抓捕成功后，我们就可以撤了。出发前那种对于未知环境的好奇与恐惧少了，紧绷的神经也随着年味渐浓，一点点麻痹了。

腊月二十八，发现事有蹊跷的还是小张，那天下午，他疑惑地看着我：

"明天二十九了，按理来说，大家都应该回家了吧？"

"对，应该是这样的，应该回家吃饺子，怎么了？"我一想起家里包的猪肉大葱饺子，嘴里开始分泌唾液。

"那现在在小镇和村子里的人，应该都是本地人对吧？外地人应该很少，做生意的人应该也都走了。"

"对，怎么了？咱们是要收摊吗？"

"不是，我觉得很奇怪。"

"什么奇怪？"

"这两天有个人，他总是往返于旅馆和村里，按理来说不应该这样。如果他家在村里，他没有必要住旅馆；如果他是外地的，这个时候也该回家了，对吧？"

"对。"

"那你说，他为什么总往返于旅馆和村子？"

我一下来了兴趣，也感觉这里有什么怪怪的，于是我们就对这个人留了个心思。起初我们还怀疑过他是不是在旅馆偷情，不过回忆这几天，我们住在旅馆，并没有女性入住。除了老板娘。但是老板娘的年龄，不可能！

我和小张越想越觉得这个人可疑，慎重起见，我们决定向上级汇报。专案组反馈，目前十七号布控点暂时没有要抓的其他嫌疑人，让我们继续观察，有情况随时报告。

傍晚收摊回到小旅馆，没想到与那个男人撞个正脸。

老板娘见我们回来，招呼着："回来了，来碗面？"

小张应声道："两碗面！一碗不放辣椒。"

男人手里端着一碗面，冲我们俩笑笑。

"听说你俩生意做得不错啊，三十回家过吗？"

听话音他是从老板娘那里打听了我和小张的情况。

我有点紧张，怕他看出我们是警察。

小张轻松地一屁股坐在男人旁边，掏出烟递给男人一根。

"回家！三十晚上到家就吃饺子，家里人都等着呢。你呢？啥时候回家？"

男人吐出一口烟，烟雾笼罩中男人脸上露出一丝渴望。

"年货买了吗？我这儿有，便宜，想不想看看？"男人问。

我和小张都有点诧异，我的心情立马轻松了，最起码他没看出我们是警察。

"啥好东西？开开眼，开开眼。"小张热情地回应着。

男人从怀里掏出一个报纸包着的小纸团，打开，皱巴巴的纸团中露出三枚黄灿灿的戒指。

"金戒指！"我不由得喊出声。老板娘也凑过来看。男人也不避讳，索性把纸团摊开来放在桌上。

"看看，成色不错吧。纯金四个9的。你俩结婚没？给媳妇买个带回去，过年最好的年货。"

"没，还没对象呢。"我底气不足地回答。

"我也没结婚。不过这次回家，家里正好要说门亲事。我看看。"小张拿过纸团，仔细看着三枚戒指，拿起其中最小的一枚。

"这个多少钱？我没多少钱，挑个最小的，你给个最低价，我看钱够不够。"

"你有多少钱？"

"你别问我有多少钱，你多少钱能卖，我再考虑。我身上没多少钱，还得买回家的车票。"

"这个最小，也最好看。三百块，给你吧。"

"三百块?! 太贵了吧。这是真的纯金吗? 不会是偷的吧……"我插嘴道。

"三百还嫌贵! 我告诉你，这个原价是五百多块，是从香港带过来的。我看你俩是个过日子的，才便宜给你们。你说啥，偷的? 不是! 这个你放心。这戒指是别人欠我钱，年底我追得紧，他没办法才用这个抵债的。保真，保来路正。"

"三百块，我真的没有，我想想吧，看我俩凑凑能凑多少钱。"小张看向我，眨了一下右眼。

我立刻明白了他的意思，连连摆手。

"我可没钱借给你，我还要给我爸妈买点礼物呢。"

"小气鬼! "小张装作无奈地望向那男人。

"大哥，你能不能再便宜点，我只有一百多块钱。"

男人假装不情愿地收起纸团，看样子是欲擒故纵，想吊我们的胃口。

"一百多块钱，就别想了。我还是自己留着，找识货的人再卖吧。"

这时老板娘端过来两碗面，我和小张一边吃一边互相看了一眼。男人吃完面，放下碗起身，冲着小张说了一句:

"你想好了找我啊，在这儿碰见是缘分，我最多再让你四十块，二百六十块，不能再低了。"说完径直向他的房间走去。

老板娘看他上楼了，小声说:"他手里总有好东西，不会假，你们如果想要，可以跟他再商量商量。"

我忽然有一种被算计的感觉。难道这个老板娘跟那男人是一伙儿的，这个小旅馆不会是黑店吧？

回到房间，我把我的猜测告诉小张时，小张笑得差点岔气，指着我的鼻子说：

"你这么想啊！咱社会主义国家，谁敢开黑店，她开黑店干什么？抢钱啊？！"

腊月二十九一大早，我和小张照常出摊。通过昨晚我俩的分析，我俩都猜测那个男人或许跟金店抢劫案有关。但是，又不太确定。如果他是抢劫犯，怎么敢公然售卖赃物？他的心理素质那么好？如果不是的话，他的这些戒指从哪里来的，香港走私水货？走私也是犯罪，是不是可以先把他抓了，顺藤摸瓜以物找人找到金店抢劫案的嫌疑人？

小张说我们不能轻举妄动，要等指挥部消息。这里距离冯家湾太近，如果我们行动，把冯二惊跑了就坏大事了。我觉得有道理，就盼着冯二赶快落网，我们也可以把那个男人抓了。

腊月二十九一天没事。冯二那边也没有消息，卖戒指的男人也没有再找我们。我和小张盘算着，是不是该佯装买车票回家了。

腊月三十上午十点多，指挥部发来信息，让我们盯住卖戒指的男人，天黑之后可以抓捕，问我们两个人行不行，是否需要增派人手。小张说，虽然指挥部没有明说，但很有可能冯二会在今晚落网，所以才会让我们天黑之后行动。

"这个男人很可能是抢劫金店的逃犯，他抢劫完之后，不敢大肆销赃，需要等到风声过去，再一点点销赃？"

"是。"

"所以，理论上，他是不是身上还会携带着其他赃物？不止三枚戒指。"

"是。"

"他是不是不敢把抢劫所得钱财全都放在家里？毕竟只要放到家里，家里人就容易起疑心。要是过年期间七大姑八大姨来家里做客，小孩子又不小心翻出了他的赃物，亲戚朋友们能不对他突然暴富产生怀疑吗？说不定还会心生嫉妒呢。"

"有可能。"

"甚至说，如果有人嫉妒，怀疑财物来路，还有可能举报他。"

"因此他需要把赃物存放在一个别的地方。"

"没错，而他又不放心赃物离开自己，所以他需要赃物在自己的控制范围内。"

"对。"

"所以，很可能赃物现在就在旅馆里！"

我和小张一边守着鞭炮摊位，一边分析，等候那个卖戒指的男人出现。按照小张的分析，如果赃物藏在小旅馆的话，我们这次就捞着了。我们越说越兴奋，感觉我们就是刑侦专家了。小张向专案组汇报了我们的分析，赵黎明副队长也支持了我们的推测，决定派员增援我们，并再三交代，我俩的任务就是盯紧这个嫌疑人，宁丢毋暴，不能暴露自己的身份，不能打草惊蛇。

年三十了，小路上出村的村民越来越少，进村的大多是从外地回家过年的。女人们抱着孩子，男人们手里拎着用牛皮纸包着的点心，铁丝钩上挂着两斤猪肉，每个人脸上都洋溢着过年的喜庆。

村子里的人都在为除夕的饺子做准备，可以想象，一大家子围在一起，一边和面、剁饺子馅，一边唠着家常，多么幸福。饺子是中国老百姓年三十辞旧迎新必备的美食。各家做的饺子馅都差不多，白萝卜肉馅、大白菜肉馅，是最常见的。我最稀罕我妈包的猪肉大葱馅饺子，可惜今年是吃不到了。

一直到傍晚天色暗下来，卖戒指的男人也没出现。我和小张在小旅馆门外抽烟，担心卖戒指的男人会不会就在村子里面过年，不会再来小旅馆了。这时远处一个身影慢慢走向小旅馆，卖戒指的男人出现了！

那男人的身影越来越近，我想起刚才打的赌。

"咱俩打个赌吧？"小张提议。

"赌啥？"

"赌卖戒指的男人会来旅馆吗。"

"我赌他会来。如果他把赃物藏在这儿的话，肯定不放心，会来的。还有，如果他真是抢来的金戒指，他应该能便宜点卖给你，反正他也不吃亏。"

"和我想的一样。算了，不赌了，咱等着。"小张泄气地摆摆手。

看到男人出现，我和小张掩饰住内心的狂喜，急切盼望着增援人员快点出现。

男人走到我们面前，小张连忙打招呼：

"大哥。"

"你俩还没走呢？"

"是准备走呢。"

"大哥，你过年还住旅馆啊？"

"哦，我收拾东西也准备走了。那戒指还要吗？这么便宜的金戒指，你可再也买不到了。"男人看着小张问道。

"二百六，我身上真没有那么多钱，大哥，你看一百三行不行，我只有这些了。我也是想等着你来，看能不能给我便宜点。"

"等我呢，好啊，你俩待会儿上我屋来吧。"

我忽然有一种不祥的预感。如果他真是抢劫犯，他身上会不会有枪？我们的增援还没到，赵队说不让我俩暴露，去他房间会不会暴露，会不会有危险？

"行啊，我俩待会儿去找你。"小张丝毫没有犹豫，答应着。

"那就快点啊，赔钱等着你们，我可没那么多耐心，爱买不买。"男人说着上楼进了他的房间。

我和小张面面相觑，赶紧回到我俩的房间。

"是不是咱俩暴露了？"我问。

"不会吧。"小张不太确定地说。

"是不是村里开始抓捕冯二了？行动惊了他，他要取走赃物逃跑？"

"指挥部之前说的是天黑之后可以行动，现在天快黑了，如果我们不去他房间，他要跑了怎么办？这是突发情况，来不及汇报了。咱俩上吧，咱俩弄他一个，把他堵在房间里，没问题。"小张目光坚定地盯着我，我点点头。

"咱俩这样……"小张跟我咬咬耳朵，我俩把手枪子弹顶上膛，揣在腰间，耳朵听着房门外的动静。

走廊里静悄悄的，楼下老板娘的收音机开着。楼下除了老板娘自己的房间和楼梯间的杂物间，只有两间客房，现在都空着。楼上四个房间，我们和那男人斜对角分别占据南北两个方向，其他房间都空着，是很好的抓捕机会。

我和小张走到那男人的房间门口，小张敲了敲门。

"大哥……"里面没有动静。

我又敲了敲门："大哥，我们来了。"

里面仍然没有动静。我和小张对视了一下，心想，刚才看他进房间了，怎么没人？

小张停了一会儿，再次敲敲门。

"大哥，你在吗？"

房间里面静悄悄的，没有任何声响。时间一分一秒地过去，我心里越来越紧张，难道我们暴露了？难道他已经跑了？我和小张对视了一下，我们两个相互点点头，小张把耳朵贴在门上侧耳倾听，眼睛快速转动着。我的脑子里也反复预演着小张咬耳朵跟我说的接下来有可能发生的情况：我们踹门进去，我负责按住嫌疑人，小张负责第一时间清除嫌疑人手中的武器，然后给嫌疑人戴上手铐。

房间里仍然没有任何声音，我们再次对视一眼，小张抬起脚。

"砰！"

我俩傻了，门没踹开，我赶紧补上第二脚。

"砰！"

门还是没踹开！一下子恐怖的感觉涌上心头，我们害怕，感觉事情要搞砸了，而且屋内的嫌疑人可能有枪，到底还要不要继续？还是先撤退？我还在犹豫时，我们的脚却已不约而同地抬起踹向屋门。

"砰！砰！"又是两脚。

门被踹开了，小张迅速冲进去，我紧跟其后。

"砰砰砰砰！"

屋内的男人连开数枪，我急忙大喊："不许动！警察！"同时扑过去，厮打中男人用手抠我的眼珠子，张嘴死命地咬我，我手一松，他立刻摆脱控制跑了出去。

等我回过神，我赶紧看向小张，他眼睛瞪得大大的，死死地盯着我。一股恐怖的预感压迫着我。

小张中弹了！他的呼吸变得急促，似乎他还没感觉到疼痛，但是我能看出来他非常害怕，我赶紧靠近他，脑子一片空白，课上学习的内容一点也想不起来了。

中弹了，应该怎么做来着？是止血吗？还是赶紧送医院？逃犯怎么办？

小张瞪大眼睛，突然大喊：

"追呀，你傻吗！"

我的眼泪唰一下涌出来。

"你他妈追啊！"

我来不及反应，身体已经冲了出去，我听到男人的跑步声，我从楼梯上直接跳下去，拼命地往外追，我要亲手抓住他！我知道他会去哪儿——村子！

我冲出了旅馆，远远的我就看见男人往村子的方向跑，我来不及，也忘记了要喊些什么，只知道要发动身上每一份力气去追，我感觉我浑身都是劲儿。

男人跑的速度不如我，我有信心一定能抓到他，我们的距离在一点点缩小，我确认我能抓到他。

他一边跑，一边时不时地回头看我，每一次看我，他都跑得更快。

突然他开始大喊：

"杀人了！杀人了！有人杀咱们村的人了！""救命啊！救命啊！"

我心里感觉不妙，我看到不远处的村里陆陆续续有一些人出来了，他们手里都拿着锄头、铁锨之类的农具，男人还在大喊，有些村民似乎认出男人来，渐渐朝我们靠近。

我赶紧拿出手枪，边跑边朝天上连开数枪，男人和村民都吓了一跳，但这并没阻止住村民的靠近，人还越来越多。

"警察！都不许动！"我大喊。

不知道村民们为什么，愣是朝我这个方向走了过来，我只能拼命地追，只要我能够在男人进村之前抓住他，一切都还有机会。男人似乎也看到了希望，拼命地向人群中跑，跑得比之前还要快。

我急了，我直接朝他开枪，想打伤他的腿，但是没打中。他听到枪响，抱住头蹲下停顿了两秒，我赶紧冲过去，男人发现没中弹，马上就朝另一个方向跑。他左拐右拐翻进了一家农户的院内，我也赶紧翻墙过去，这时我感到有东西朝我扔过来，是村民在朝我扔石头。

他翻墙，我就翻墙，我一定要追上他！我一定要抓住他！

突然我就丢失了目标，在我的面前出现一条岔路，一边向上是通往国道的小路，一边通往一片小树林。

我犹豫了一下，向通往国道的小路冲去，等我冲到上面一看，没人。一条笔直的道路上，没有半个人影，我赶紧朝下面看，我看到小树林里有人影在快速移动。

我赶紧冲下去，冲进小树林里。

等我冲过去，我远远地就看到那男人在脱衣服，我还没明白他在做什么，只听见扑通一声，他跳进河里了。

我来不及多想，追到河边一头扎进河里。

冷啊，好冷啊，皮衣在水里面好沉啊，我感觉我有可能会沉在水底再也出不来了。

我呛了几口水，身体也越来越冷，等我游到河对岸的时候，我发现男人已经朝小山坡跑去了，我赶紧追上去，等我追到山坡上的时候，他已经跑下山坡了。

我浑身在发抖，分不清是因为冷还是生气，我直接护住脑袋一个翻身滚下山坡。

好疼呀，我几乎晕了过去，滚到山下时我发现男人不再跑了，他喘着粗气，从旁边捡了根木棍，慢慢朝我走过来，我心生一计，干脆没有站起来，捂着头，假装自己神志不清了。

等他慢慢走过来。

"啊！啊啊啊！"我大叫着猛地扑起来，想抓住他，他也很敏捷，快速闪身躲开，我没能抓住他，一惊之下他吓得丢掉了木棍，转身继续逃跑，我站起来继续追。

我拼命追，他没命地跑，很快我们就跑到了一片田垄，地面泥泞湿滑，几乎跑两步就会摔一跤。他摔倒了我就赶紧追，我摔倒了他就赶紧跑，好几次，我的手都碰到他了，但是手上却没有足够的力气抓住他，我急坏了。

我心里特别害怕，我感觉到我的速度变慢了，他和我的距离越来越远，我的眼泪就要涌上来，我非常害怕让他跑了，我一定不能放过他！

就在他离我越来越远的时候，我摔倒了，然后，他也摔倒了。

他没有再爬起来，我不知道哪里来的力气，我扑了过去。

他喘着粗气，上气不接下气，几乎翻着白眼，我举拳照着他的脑袋狠狠地砸了下去，冲着他的脸狠狠地打，喘着粗气拿起手铐，把他铐了起来。

我抓到他了。

后面的事，我记不太清了，只记得天亮了，后援来了。等我再醒来的时候，已经是在医院了。

然后我得知——小张牺牲了。

五、老蛇与阿昆

刑事侦查，尤其是打击毒品犯罪，离不开特情。鲲城在特情这一块，以前是空白。从零开始建立起情报网络的是老蛇，他是缉毒中队的中队长。

特情情报网络中，有一种人被称为"线人"，一般是有轻微犯罪的人，愿意配合公安机关工作。

破获毒品犯罪，需要线人，却也最容易收到假情报。尤其是吸毒的线人没有底线，往往能骗一次是一次，对于特情人员来说，也是最危险的。

把控线人，需要懂得一些谋略，要具有丰富的社会经验。

一天，老蛇从线人那里得到一个情报，香港水房的人要来鲲城赛马，地点是在南北大街。那会儿地名起得都非常简单，从东到西，从南到北，排着序，东一大街、东二大街，西一大街、西二大街……

每次线人都会东拉西扯很多情报，要想甄别情报的价值、判断真伪要依赖特情的判断力。南北大街交叉口是鲲城最宽的马路，要在那里赛马，算是很大规模的赛马了，老蛇敏锐地发现了这条线索，顺着问了句：

"为什么要赛马？"

赛马，就是摆场子，看谁的马仔多、谁的人壮、谁带的武器多，这种一般都不会打起来。

"就鲲城这边吃了一批香港的奔驰，香港那边要把车抢回去，然后这边的人就找到水房的人说是要摆平这件事。"

"都谁坐馆啊？"

"那边的大佬，沙头角分545、329、57仔，还请了老胡。"

"啥时候啊？"

"这不知道，也就这两天吧。"

"你看哪边赢啊？"

"不知道啊，看香港那边很凶的哦。"

"哎哟，赌一赌啦，赛马嘛。"

"我说大佬啦，多搞点五连发的猎枪，看着猛就好啦。"

老蛇和线人又聊了两句。

等老蛇回来后，四中队就开始分析情况，准备了一个长线的计划。

"水房"是香港黑社会的一个帮派，打击水房并不是现在的目标，现在他们枪多，人也多，火力也猛。针对这种情况要怎么管制，得依靠上级领导的判断，老蛇的目标是在水房兜售毒品的贩毒团伙，以及最近非常猖狂的劫车案。

缉毒大队之前曾经尝试过接触在各个水房兜售毒品的人，但是一来假信息非常多，二来通过线报抓获的都是些小喽啰，大部分是以贩养吸的毒虫，有些被抓之后就吞刀片，很难管理。

老蛇向刘国栋单独汇报后，刘大初步判断，目前在鲲城一带兜售毒品的并不是规模很大的贩毒团伙，而是和金三角的下线，甚至是下线的下线有接触。有打掉的可能，也有尝试卧底的价值。

接下来老蛇先是安排线人放出话，说是有鲲城来的老板想要买车，准备长期购入香港来的黑车，倒卖到内地，老蛇此举也是看准了这边刚刚摆平了香港的一批黑车，趁着这些人得意忘形，戒备心低。

果然过了几天就有人通过线人联系老蛇，说是有卖车的想法，可以碰一碰。

1979年，有个香港商人在广州创办了新中国第一家真正意义上的出租车公司，这标志着出租车正式进入普通百姓生活。在那之前，出租车行业主要由国企专营，面向外宾提供服务，管理上仍然是公车管理。

1983年，出租车刚在鲲城出现不久，就接连发生了一系列抢劫出租车的案件。出租车效益很好，这让出租车司机陷入了危险境地，出租车司机被劫被杀案时有发生。车辆被抢后，犯罪分子随便喷个漆就转手卖掉。等到这个任务安排给老蛇的时候，这样的抢劫案已经连续发生五六起了。老蛇心想，正好趁这个机会找找那些被卖掉的出租车，说不定能从中找到破案的关键线索。

来找老蛇的人叫阿昌，和老蛇是老乡，对方也很谨慎，带着老蛇坐黑车来到一个果园，里面有很多用布盖起来的车。老蛇挑了一辆奔驰，还有几辆别的车，然后开始和阿昌套近乎，说要再挑一点便宜的车混着卖，阿昌说：

"有一辆这样的车，你要买的话，我就给你，老乡嘛，我就便宜一点，一万五千块。"

"没问题，今后有好车不要忘了我哦。"

阿昌随后就带老蛇去到一处偏僻的厂房，里面有一辆老款的皇冠130，带拨杆的，老蛇看到车上还有营运公司的证件，心想对了。

"昌哥啊，你这样，这次算是我们首次打交道，你把你们老大约过来，我做东，见个面，我请大家吃个饭，就在东三街摆几桌，我这边都安排好。"

东三街是阿昌他们的地盘，阿昌也没多想，很积极地张罗。

那天老蛇就带了一个人过去，那附近也没什么好餐馆，挑了个北方饺子馆，对方老大没来，只来了一些小喽啰，线索看来要断。老蛇想要推进只能再找机会，却不料有了意外之喜。饭局结束后，老蛇送阿昌，阿昌的一个马仔，喝多了在老蛇的车上吃麻古，吃完就在车上发癫。

"他这是干啥子哦。"老蛇显得对毒品胆小又好奇，对阿昌东问西问，一会儿问这东西犯不犯法，一会儿问价格怎么样，一会儿暗戳戳地问这东西藏在车里好不好运，他是看准了阿昌在水房地位不高，又很贪财。老蛇暗示阿昌能搭这门生意的门路的话，将来的收益可以给他分一杯，阿昌果然有点心动，说找机会帮他问问。

临近年关，就在小张和小李蹲守十七号位抓冯二的这段时间，老蛇就是那个一号位。通过阿昌，老蛇和贩毒集团搭上了线。对方的第一次试探，是阿昌做东，在他们 KTV 的场子约老蛇和兄弟们喝酒。为了试探老蛇，阿昌给老蛇安排了小姐，老蛇只好搂着小姐喝酒，喝多了，小姐就暗示老蛇要不要点 K 粉，老蛇没接茬，对方也知道一般老板不会吸。老蛇心知肚明，知道是个试探。

第二次是阿昌拉着老蛇，说是贩毒集团那边想和老蛇见见面，当面聊一聊合作。路过关卡时，关卡执勤的要查老蛇的身份证明，老蛇没有，显得很慌，阿昌娴熟地掏了五十块钱塞给执勤人员，顺利通过。过关之后，老蛇就嘟囔着说后面的出租车总是跟着他们，他大老远从鲲城过来的，怕出事。老蛇逼着阿昌他们停车，等后面的出租车过去后，老蛇死也不和阿昌他们走了，一会儿说今天不安全，一会儿说和皇历犯冲，总之就是无论如何都要取消见面。

第三次终于要见面了。阿昌先是把老蛇带到一座水库边，双方并没有谈及生意上的事。过了一会儿，有两辆摩托车驶来，阿昌和老蛇坐上摩托车，前往另一个地点。半路上，阿昌说自己饿了，便拉着老蛇去吃饭。吃饭时正好碰上周围有人打架，实际上，打架的人是阿昌他们事先安排好的。老蛇吓得浑身发抖，结果，包括老蛇在内的所有人都被警察抓了。老蛇表现得很担忧，载他的摩托车司机和他搭话，他都不敢回应。摩托车司机一开口，他就生气地说："你可别连累我，我只是坐你的车，和你一点关系都没有！"摩托车司机只能苦笑着摇头，心里暗自觉得老蛇就是个胆小怕事的土老板。

第四次试探则是在那之后的好几天，老蛇不再主动和阿昌联系，看上去似乎是要放弃做毒品生意了。阿昌反倒主动来找老蛇了，并且再三保证这次肯定不会出问题，哄着老蛇出来见一见。老蛇看透了阿昌的伎俩，心知这次机会到了。

老蛇带了一个人，这个人壮壮的，有点憨厚，叫阿昆。阿昌他们和之前一样，安排两人先是坐黑车，中间多次停车，防止有人跟踪，然后坐摩托车，最后被带到鲲城附近的一个旅店。在这个旅店里，老蛇终于见到了贩毒集团的人，几个人同吃同住了三天，其间他们的人一直留意观察，主要是看有没有警察跟踪到这里。在他们放心之后，第四天才开始和老蛇商讨日后的合作模式。老蛇小心周密地诱导着他们按照自己的计划进行。

第四天的晚上，来了一辆摩托车，说是只能带一个人前去交易，另一个人押在这里，老蛇装作害怕，便让阿昆去，其实这也正合对方的心意，阿昆便上了摩托车走了，而最终地点，则是一个宾馆的小房间。

而这一天，正是腊月二十九。

双方约定完成交易后，由对方的人用 BP 机传送老蛇和阿昆约定好的暗号确认交易，老蛇答应了，虽然没有联系方式，也不知道后援部队能不能找到他们，但是他相信阿昆。

警方的大部队在之前的接触中就盯紧了阿昌和他的小弟，而其中一个和毒贩有联系的，阿昌的老乡冯二，就是小张和小李在任务中蹲守的目标，这次计划是要一网打尽这个贩毒团伙，然后挖出更多有关贩毒集团的线索。

在宾馆房间内，阿昆已经基本确定，此时并没有人跟踪。对方有很强的反侦查意识，中途多次停车试探，阿昆明白，此时最好的办法，就是交钱拿货，他知道老蛇既然把事情交给他，就是相信他能见机行事发挥主观能动性。

房间里除了阿昆，还有三个人，分别是带阿昆来的司机和两个毒贩。其中一个毒贩看着像村民，身材高大，比阿昆高出不少，浑身都是腱子肉；另一个坐在阴影角落的小沙发上，阿昆看不太清。阿昆还注意到，他们手上有两把黑星手枪。

阿昆提出要验货，对方点了点头，拿出箱子让阿昆检验。阿昆从中挑出一点毒品，拿到厕所进行了测试，检验结果货没有问题。那么，接下来的问题就是怎么能让毒贩留下一些证据，甚至获取这几个人的身份线索。

"货没问题。"

"那给钱吧。"

"分量对不对啊？"

"一包三百克，一共八包。"

"两点四公斤收我们五斤的钱啊？"

对方一下子很愤怒，枪往桌子上一拍。

"你他妈懂不懂啊！"

"我懂我懂，大佬你别生气，这也是我老板的意思，他是想做长期生意的，我老板有钱的，我们那边的货运基本上我老板吃得开的。"

"买这点儿也算得上老板？钱留下，你赶紧滚。"

"首次合作喽，第一次放心了，我们那边也打开市场，量不就大了？"

"你想怎么放心？"

"你给我称称货的重量。"

"称不了，就这样。"

"那能不能价格有点优惠啊，两点四公斤收我们五斤的钱哪。"

"你他妈傻×吧！"

"你不能我说什么都不行吧，好歹做生意，我老板也不在乎那点钱，主要就是看个态度嘛，我就说称个重，便宜一点，你说有啥子影响，不就是要个合作态度吗？"

司机赶紧出来打圆场，提醒几人声音要小点。

"小子，我看你是个雏儿，我只和你说一遍，你只和阿昌他们联系，我也只和他们联系，明白吗？你接下来，一个字都不要说，说一个字，你的命和钱，都留下来。"

阿昆心想，没戏了，单线联系是毒贩常用的手段，目前很难有实质性的进展，只能交钱拿货了吗？

阿昆把装钱的袋子递过去，但也就在那一瞬间，他心里有道过不去的坎儿。

"好。"阿昆嘴上应着，手却一抖，把钱袋子弄翻，钱撒了一地，毒贩边骂边赶紧俯下身子捡钱。

阿昆抢过毒贩放在桌子上的枪，打开保险，拿枪指着沙发上的毒贩，顺势一脚踢在捡钱的那个毒贩的脸上，毒贩被踢得一个跟头就仰了过去。

"都他妈不许动！尤其里面那个矮子，你手指敢动一下我就打爆你的脑袋。还有你！"

"你他妈……"一个毒贩刚开口说话。

"闭嘴，我让你张嘴了吗？"

房间里陷入一种诡异的安静，那三人像鬣狗一般，似乎想嗅出阿昆身上的害怕气息，只要阿昆有一丝丝的害怕，他们就敢拼命。

他们看着阿昆，满心疑虑，完全摸不清状况：这人是警察吗？还是来黑吃黑的？他们死死地盯着阿昆，心跳开始急剧加速，这个人到底敢不敢开枪？只要这个人开枪时有一丝犹豫，他们三个人就有机会反杀他。

这人有什么破绽吗？凶狠的样子是装出来的，还是他的本性？他能击中目标吗？他背后有人吗？没人的话他为什么敢这么做？

现场陷入了一种类似"墨西哥僵局"的状态，胜负取决于意志力。这次对峙持续了四十七分钟。

事后，阿昆说："好慢啊，从没有感觉时间这么慢过。"在这四十七分钟里，阿昆凭借气势和眼神压制住对方，举枪的手臂酸痛不已。他想方设法控制住局面，抓住时机让服务员去给增援人员打传呼。四十七分钟后，增援终于赶到，此时是夜里两点，抓捕贩毒团伙的行动全面展开。

这场冬季漂亮的歼灭战，在刘大的亲自指挥下，三路人马大获全胜。缉毒反黑大队后来荣获了全国先进集体，我们参战的每个人，都荣立了二等功、三等功，至少也是受到了嘉奖。

六、痛脚

小张牺牲后，被追认为烈士。我立了个人三等功。

小张家在我们镇上，他父母在镇上做小买卖，家里有个姐姐、两个妹妹，他是家里唯一的儿子。小张父母听说儿子牺牲的消息后，痛不欲生。我陪着局领导去他家看他父母时，他妈妈不停地哭号，说就不该让他去当警察，这日子以后可怎么过……

小张的姐姐已经嫁人，两个妹妹还在读书。局领导给小张父母送去了抚恤金，安抚家人说，以后家里有什么困难尽管跟组织上提，等两个妹妹考大学时，按照国家规定，有对烈士家属的照顾。

"是我们没有照顾好小张，我们也很痛心，痛失了一位好战友、好同志。"分管刑侦的副局长对小张父母说。

"有什么用啊，我们家就这一个儿子，还指望他养老送终呢，他偏要去当什么警察，呜……"小张妈妈依然在哭泣。

我心里特别难受，脑海中又出现我俩踹门的情形——

"人在里面吗？会不会跑了？"小张把耳朵贴在房门上，

低声问我。

"要不咱先回房间，向队长报告一声。"

"来不及报告了，你怕了？"

"我不是怕，我是……"

"嘘……我觉得人在里面。"

"咋办？"

"按计划行事，你进去后机灵点，站我后面，万一有枪，哥们儿给你挡子弹。"小张冲我笑笑。

"我喊321，咱俩一起啊。"

"3，2，1！"

"砰！砰砰！"踹门声。

"砰砰砰砰！"枪声。

"追呀，你傻啊……"

有很长一段时间，我不敢相信小张真的死了。我经常会梦见他，梦见他在火车上跟我打赌，他让我去找刘大调到刑警队，他和我一起踹门踹不开，他让我不要管他去追那个犯罪嫌疑人……

在那之前，我没想到，做警察会牺牲。我以为，坏人都怕警察，只要警察举起枪，坏人都会自动乖乖投降。

再回到鲲城市局的时候，已经是春节后了。我有时候会感觉，小张的一部分影子留在了我身上，我经常会刻意模仿小张的样子和他的穿着。我也学会了喝大酒，喝酒的时候比以前要豪爽，虽然经常一喝就醉，但我就是喜欢那种头晕晕的醉眼蒙眬的感觉。我其实只有一瓶啤酒的量,往往是大家还没正式开始喝,我已经到量了,然后就倒头大睡,啥也不想。

春节刚过,我正式调入刑警队。刘大问我有什么想法,我脑子一热,说出了一个从前连想都不敢想的请求:"刘大,你能收我为徒吗?我想跟你学破案。"

"你小子!"旁边的赵黎明副大队没憋住扑哧一声笑出声。

"你小子还真敢想,你想一步登天啊!问你,还真敢提啊!"

赵黎明是东北人,是刘大的左膀右臂。他俩都不是鲲城人,前几年调到鲲城后搭班子,脾气相投,破了好多大要案。我后来才知道,刘大虽然经常给年轻刑警培训,但是从来没收过一个徒弟。

赵黎明没想到刘大竟然答应了。刘大拍拍我的肩膀,用我从没见过的眼神看着我,透过他那双眼睛,我又看见了小张。

"行,你要愿意跟着我,就不能怕吃苦受罪。我的习惯大家都知道,不管什么时间,所有的案发现场我是一定要去的,你能熬得住吗?"

"能!"

"你真收他啊?他啥也不会!"赵黎明在一旁敲边鼓。

"你也真敢应啊,你这小子!"赵黎明看着我。

我还没醒过神,没想到刘大能答应,更没想到从此我的人生与他息息相关。

刘国栋后来没把我当徒弟,而是患难与共、出生入死的兄弟。这是后话。

接下来的几年里，我的人生就和缉毒反黑大队紧密联系在一起。刚开始，我就像一个小跟班，刘大去哪儿都带着我，几乎是手把手教会了我如何看现场、分析案情、定性质、定范围。我第一次领教了刑警高强度的工作状态。那段时间，感觉每天都昏天黑地的，只知道睁眼了就要赶紧起床，起床了就要赶紧吃饭，吃完饭就要赶紧工作、赶紧训练。组织学习的时候，反而是不困了。

队里的同事，还有那些年长的前辈，个个都像上紧了发条似的，又如同不停旋转的陀螺，连轴转个不停，却丝毫不见疲态。瞧着他们这股子劲头，便能知道大家都特别能扛、能熬。我也不敢去揣测，他们是否也曾经历过失去战友的痛苦。反正对我而言，只要一闲下来，小张的身影就会浮现在脑海。我宁愿让自己一直忙碌，总觉得只有这样，才算是对得起小张。

自 1981 年起，中国警察因公伤亡人数呈逐年上升态势。1981 年至 1989 年，年均牺牲人数达 131 人，是新中国成立后头三十年里年均牺牲人数的 4 倍。1990 年至 1995 年，年均牺牲人数攀升至 341 人。1996 年至 2001 年，年均牺牲人数更是达到 484 人，这意味着平均每天约有 1.3 人牺牲。造成这一情况的主要原因有工作任务繁重、警力不足、执法环境复杂多变、警察个人身体健康问题，以及部分经济欠发达地区执法装备配备不足，致使警察在执行任务时缺乏有效的防护措施等。

八十年代初，在新中国历史上注定是一个里程碑式的记忆。改革开放政策带来的经济起步，以及由此产生的各种社会矛盾，贫富差距的拉大，物质生活与精神生活的需求变化，影响着一代人的价值观。

　　几百万甚至上千万的年轻人，还有许许多多敢想敢干的人，涌进了这座新开发的移民城市——鲲城。

　　当时的鲲城，不像现在这么大。只是一个小县城，甚至是更像农村。因为地处沿海，位置优越，加上有国家税收政策优惠，吸引了许多外商、港商、台商前来投资建厂。

　　每到月初，工厂发工资的时候，我们都会接到报警。

　　那天晚上，我们接到一家港资厂的报警，厂里发生了一起持枪抢劫案。抢劫犯打死了厂里的保安队长，抢走了保险柜里的几十万元现金。我们赶到现场后了解到，当晚来了二十多个人，将工厂层层包围。歹徒分工极为明确，他们先控制了门卫，还租了车在门口等候，对撤退路线和望风安排都做了精心部署，一看就是有组织的抢劫。

　　后来案件破了，我们才了解到，这伙人在作案前早有预谋。他们提前一个月就安排内应潜入工厂卧底，摸清了工厂的发薪日期。等工资一存入保险柜，他们便按计划实施了抢劫。

　　那时候，"三来一补"企业大量涌现。所谓"三来一补"，指的是大部分外商提供原材料或样品，在中国进行加工，中方企业无须负责产品的买卖销售，简单来说，就是中方帮外商生产制造，赚取劳务费。在具体的生产形式上，要么是外商提供设备，要么是提供零件由中方进行组装。当时，这类企业以港商投资的居多。发工资时，不少企业发放现金，由于港元需要到银行兑换成人民币才能发放给员工，这一过程较为烦琐。所以，很多企业会提前把现金存放在保险柜里。而且，每个工厂发工资的时间基本是固定的，这就导致在发薪日前后，撬盗保险柜、抢劫保险柜的案件频发，成为最为突出的治安问题。

犯罪分子也正是看准了这一点，专门瞅准时机下手。比如，等你刚从银行把发工资的钱取出来，在返程途中就突然动手，把钱抢走。还有的是等你把钱全部锁进保险柜后，或是撬锁盗窃，或是暴力抢劫，想尽办法要把这笔钱弄到手。

我在去追查保险柜这条线索的时候发现，当时很多人专门研究撬盗保险柜，基本上市面上出现一个新型的保险柜，很快你就能找到能把这种保险柜破开的人。有的时候我们警方也不得不感慨这些人怎么那么聪明，继而感慨，这帮人这么聪明，干点正经事不好吗？为什么一定要犯罪呢？这也是一直困扰我的问题。

有一次我跟着刘大去抓捕一个频繁往返于香港和鲲城的杀人犯。听说特情人员控制住了这个杀人犯的兄弟，打算以此诱他前来赎人。我们提前在罪犯可能出现的车旁设下埋伏。当时，我紧张得不行，都没察觉到抓捕命令是何时下达的，只看到刘国栋和赵黎明"唰"的一下就冲了出去。见状，我赶忙跟上往前冲，紧接着就听到了枪声。

我看到赵黎明扒着车门，被车拖着往前跑，一边被拖着，一边向车内开枪还击，车里的人也朝着外面开枪。刘国栋则飞身跳到车前方的挡风玻璃处，用拳头猛砸玻璃。那时我们都没经验，也没砸过车玻璃，不知道拳头根本砸不破钢化玻璃，只能像刘大那样砸出一道道裂痕。我拼了命地往前冲，跟着车一路狂奔，仗着自己跑得快，死死追着车。

那个时候都是这样，作为队长和领导，总是冲在最前面。我们看到他们身处危险，心里焦急万分，大家都不顾一切地往前冲。不用多说，我们都清楚，绝不能失去任何一位战友。

好在那次行动有惊无险，所有人都安然无恙。成功抓捕后，我们去查看罪犯的车，发现副驾驶位置上放着一把苏联产的冲锋枪。打开手套箱，里面还有一把手枪，弹匣里压了八颗子弹，并且已经上膛一颗。随后，我们又在后备厢里搜出了狙击枪、猎枪，还有手雷，以及几十万港元现金。显然，这个罪犯早有准备，全副武装，看样子如果赎人用钱解决不了问题，他就打算火并。

当晚的庆功宴上大家都喝高了，牛也吹得差不多了。这时，有人问刘大队长和赵副队长，现在回想起来，后怕不后怕。赵黎明拍了拍胸脯，说道："现在想想，确实挺吓人的。但当时真没怕，就觉着隔着玻璃，他不一定能打中我，就算打中了，也不见得能击中要害。"

这样的事情很多很多，每次庆功宴一定会喝大酒，刑警的脑子是有惯性的，猛一下你让他放松下来，是不可能的，酒精是可以的，刑警的大脑需要外部的力量让它松弛下来。

这是刑警工作独特的魅力，每个案件都有一个未知的对手，在跟你较量，会让人上瘾。

刘大说，刑警是男人中的男人。从当上刑警的那一刻，人生就与平淡告别了。

1999 年，为了帮助各省提升办案水平，公安部刑侦局决定从全国选拔优秀技术人员，授予"公安部刑侦专家"荣誉称号，指导各省侦破各种疑难案件。入选的唯一条件是，身上有"绝活儿"。自此，传说中的"刑侦八虎"产生了。

鲲城的刑事案件在全国都是出名的案发数量多，案情复杂程度高，各类奇奇怪怪的刑事案件，在鲲城都不算稀奇。遇到疑难案件，局里也会上报公安部刑侦局，请求公安部刑侦专家指导、支持。

我跟着刘大，在不同的案件中逐渐接触到中国顶级的刑侦专家，比如刑侦技术权威乌国庆、枪弹痕迹鉴定翘楚崔道植、法医鉴定巨匠陈世贤、爆炸分析高手高光斗、痕迹检验高手吕登科、指纹鉴定精英徐利民、审讯心理专家季宗堂、模拟画像大师张欣。这些刑侦专家在我们心中，就是高不可攀的技术权威。

然而，刘大没觉得高不可攀。他本就刑事技术出身，后来还前往中国公安大学进修了一年。要知道，当时公安大学管理干部学院首次开办侦查系，那可是新中国学院派侦查系的"黄埔一期"。从这个班毕业的学员，比 1976 年那批参加刑事技术培训班的人更为出色，后来在国内刑侦领域都占据了重要地位。

刘国栋后来也被公安部刑侦局特聘为"公安部刑侦专家"。作为有着丰富一线战斗经验的刘大，开始被全国各地兄弟刑侦部门邀请讲课，讲我们鲲城侦破大案的经验和教训，他也在讲课中大胆地向当地领导为刑侦同行争取更多的支持。

刘大说，刑警侦查破案，来不得半点虚假，案件破了就是破了，没破就是没破。侦查破案除了靠技术、靠智慧，更要依靠地方党委的支持，依靠各警种的配合，依靠人民群众的理解和支持。刘大说出了许多刑警的心声，他敢说敢干的做事风格，让他在全国刑警圈子里留下"真性情"的口碑。

而我一直在鲲城待着，在一个一个案发现场穿梭，有时候在一个案情分析会上要同时分析几个案件，不是一般的忙，脑力明显不足。鲲城的经济增速很快，已跃居全国城市 GDP 排名前十。鲲城的刑事案件持续攀升，市局刑警队从五十人扩充到三百五十人，我们缉毒反黑大队后来被分为缉毒大队和反黑大队，刘大升任了刑侦局副局长，他推荐我去了反黑大队。

九十年代初，鲲城发生了一起匪夷所思的重大案件，让我第一次对人性的丑恶有了刻骨铭心的认识。

人之初，是性本善，还是性本恶？人性的善恶是一个复杂且深刻的话题。当一个罪犯一点人性都没有的时候，他能做出什么，超出一般人的想象。

那是一起发生在鲲城的绑架案。当时，全国各地绑架案频发，而在鲲城，这类案件的涉案金额尤为巨大。基本上，大家听闻的那些涉及高额赎金的绑架案都发生于此。究其原因，鲲城经济发展迅猛，吸引了众多有钱的老板会聚。这种财富集中的环境，成了诱发犯罪的"温床"。来自五湖四海的人，因这里的发展机遇而聚集，目睹他人纸醉金迷的生活，内心发财的欲望越发强烈。杀人越货风险太高，于是，一些人便盯上了那些胆小怕事的有钱人，觉得绑架他们索要赎金，是一条挣快钱的"捷径"。

从罪犯的思维看待问题，人的性命会常常和金钱挂钩，想想真是可怕。

侦破绑架案堪称是最累人的活儿，特别熬人。绑匪跟你耗上多少天，你就得奉陪多少天，根本没法休息。你完全没法预测绑匪下一步会做什么，往往突然来个电话，提出要求把赎金送到某指定地点，又或者突然冒出新线索，我们就得时刻准备着，随时采取行动。毕竟这是一桩"正在进行时"的犯罪，和命案现场不同，命案现场人已经遇害，虽然也有调查的紧迫性，但少了抢救被害人性命那种争分夺秒的紧迫感。

也因此，绑架案的指挥员是最关键的核心人物，他要在各种紧急情况下做出正确判断，才有可能在与绑匪的斗智斗勇中取得最终胜利。很多指挥员碰到绑架案就头疼，往往和罪犯博弈的这段时间是几乎没办法睡觉的，也吃不好，还往往两头不讨好，有的时候受害人的家属会强烈要求交赎金，担心警方介入会逼得劫匪撕票；也有的时候家属有钱也不愿交赎金，逼着警方去抓绑匪，不顾亲人的死活。

这次发生的绑架案涉案金额很大，五千万港元，惊动了上级领导，领导们非常重视，立刻就组建了专案组。

这次绑架案的总指挥是刘国栋，这是他升职之后，第一次以公安部刑侦专家的身份回到鲲城指导办案。

110接到报案的时间是8月2日的凌晨三点十八分，而案发时间则是7月31日的下午五点四十分。地点是在鲲城的一家外资企业，被绑的就是这家外资企业的老板——万老板。

鲲城的夏天，几十个人挤在指挥中心，那股热劲儿，不是单纯的炎热，而是黏腻的热。每个人的短袖衬衫上都布满了汗渍，特别是腋卜和胸口处。头顶的风扇转得呼呼响，却几乎起不到什么作用。政委察觉到大家的难受，在房间里放置了几个落地式摇头风扇。每当风扇摇头转向某个方向，那边的人都会下意识地伸长脖子、抬起胳膊，好让身体能更大面积地感受那一丝难得的凉风。

根据报案记录，那天万老板和儿子打算出去吃饭。到了下班时间，儿子问父亲能不能走，万老板表示可以，让儿子去开车。于是，儿子便跑到厂区后边的院子，平时他们的车都停在那儿。万老板和儿子各有一辆车，当天儿子驾驶其中一辆，将车开到厂门口的门洞底下停下。正常情况下，万老板从办公楼出来就能直接上车。儿子等了一会儿，见父亲还没下来，以为父亲被什么事情耽搁了。

就在这时，后面有辆车按起了喇叭。儿子回头一看，是一辆面包车。当时儿子的车恰好把路给挡住了，于是他便把车开出工厂，在工厂门口的马路边停了下来。紧接着，面包车从他车旁开了过去。这时，儿子看到面包车后座上，两个人中间坐着的那个人，身形有点像自己的父亲。他立刻给父亲打手机，电话是万老板接的。儿子问万老板是不是刚坐车出去了，万老板回答说是，还说自己有点事，让儿子先去吃饭的地方等着，他一会儿就到。儿子留意到面包车行驶的方向，和他们原本要去的饭店方向一致，便开车跟了上去。跟到饭店附近，儿子准备拐弯进饭店了，可那辆面包车却继续往前开。儿子又给父亲打了个电话，想问问父亲什么时候能到。然而，这次电话打通了却没人接听，连着打了两三次，依旧无人应答。当时儿子心想，父亲可能是有重要的事，便决定先去吃饭，心里想着父亲要是能来就一起吃，不来就算了。

一直等到儿子吃完饭，万老板依旧没有现身。儿子又接连打了好几通电话，却始终无人接听。无奈之下，儿子只好返回厂里。当时，两位厂长也在。厂长询问要不要报警，几人商量之后，决定先不报警，等第二天早上再看情况。

一直到第二天的晚上，仍然没有任何万老板的消息，他们才报警。

刘总指挥听完案情经过，就开始部署工作。

我们首先从厂区门口的监控摄像头、万老板的生活习惯以及人际关系这几方面入手展开调查。人员分成两组，一组询问过后，另一组换个角度再问一遍，确保信息无遗漏。与此同时，在万老板儿子和与万老板关系亲近的人身边，都安排了警员暗中跟守，防止出现意外情况，也期待能从中获取与案件相关的线索。

通过调取厂门口的监控摄像资料，确认当天绑走万老板的是一辆面包车。依据万老板儿子描述的行车路线，结合沿途有限的监控摄像信息，初步推断该车是朝着鲲城城外方向行驶的。然而，我们对沿路的交警和收费站展开调查后，却并未发现与之相关的记录。进一步核查得知，面包车车牌信息是伪造的，是一辆套牌车。

在对监控录像往前回溯，分析案发前的情况时，我们发现有一辆白色宝马汽车，在案发前两周，常常会在万老板的车驶离后，尾随其后。但从监控画面中，无法获取车内人员的相关信息。随后，我们对该车展开追踪调查，结果发现这辆车在一个半月前曾报失，但现在已经找回。由此可知，这辆跟踪万老板的白色宝马车同样是套牌车。截至目前，这条线索也未能挖掘出更多有价值的信息。

负责监控厂区出入人员的另一组同事前来汇报调查结果。他们通过查看录像、请工厂工人辨认，以及与门卫处登记信息进行比对后发现，案发当日及前两周，进出工厂的人员都是厂里的员工及其家属。不过，经过我们实地勘查，厂区存在不少监控摄像头覆盖不到的入口。其中有三处地方可以翻墙进入，后院还有一处，车辆也能够由此驶入。根据现场遗留的痕迹判断，案发时的那辆面包车大概率就是从后院这处入口进入厂区的。我们顺着推测出的车辆行驶路线，结合道路监控，发现车辆前来的路线与绑匪离开时的路线一致，最终显示的方向同样是朝着出城的方向。

然后就轮到我们组汇报，我们组负责的是万老板的人际关系。

万老板是香港居民，鲲城设立后，他来到这里做生意，并在此投资建厂。他给工厂员工开出的工资，参照周边其他工厂的标准，算是比较优厚的。万老板的妻子在香港生活，平日里只有他和儿子留在内地。

万老板有着不少不良嗜好，虽不沾染赌博，但沉迷于找小姐，此前也出现过夜不归宿的情况。家人在他被绑架首日，之所以选择不报警，是因为担心他找小姐没有回家，万一报警，万老板会因这些不检点行为而被警方逮捕。顺着厂里流传的小道消息，我们发现万老板曾包养过一名女子。经深入调查，那名女子如今已结婚成家，而且她与万老板已断了联系很长时间。据了解，当时是"二奶"主动提出结束关系，万老板也满足了她提出的各项要求，二人算是和平分手。如今，这位"二奶"生活状态正常，与万老板之间不存在任何经济纠葛。

在对工厂员工的排查上，我们重点调查了被开除的员工，特别是今年被辞退的那些。正如先前所知，这家工厂给予员工的待遇相对较好，平日里类似的劳资纠纷本就不多。针对被开除的人员，我们展开了全面调查。其中大部分人已在其他地方重新就业，而对于一些返乡的人员，我们及时与当地派出所取得联系，协同调查。最终结果显示，这些人员都不具备作案时间。

此外，在调查过程中，我们还了解到一个信息，万老板由于患有高血糖和高血压，平时需要服用进口药物。一旦这些药物长期中断服用，极有可能危及他的生命安全。

初步调查结果出来后，刘总指挥心中有了大致的判断。从作案人员角度分析，陌生人作案的可能性较大。原因在于，绑匪对万老板进行了长时间跟踪，整个作案过程呈现出明显的预谋性和计划性。准备了两辆套牌车，足见其精心设计程度，而且在行动上投入颇大。再结合万老板儿子的描述，面包车后排除了他父亲，还坐了另外两人，由此推断，这个绑架团伙至少由三人以上构成。

相较于其他可能的作案地点，绑匪没有挑选万老板外出嫖娼或鬼混之时下手。这表明他们对万老板的生活习惯和性格特点，并不是十分了解。否则，在厂外找万老板独处的时机实施绑架，显然更为稳妥。

目前案件还存在一个关键疑点，绑匪为何至今仍未与家属取得联络。通常情况下，绑匪都会尽快与家属取得联系，在家属报案之前对家属进行控制，并提出诸如索要赎金等要求。然而，在这起案件中，绑匪已经将人掳走两天，却始终没有提出任何要求。这使得案件的性质存在很大的不确定性，目前难以明确这究竟是一起单纯的绑架案，还是已经演变成了凶杀案。

刘总指挥再次和技术侦查的负责人确认了监听设备的部署，确认了当有电话或者短信联系万老板儿子和相关人员的时候能够追查到线索。

刘总指挥迅速做出下一步部署。一方面，将重点聚焦在那些有过绑架犯罪前科的团伙身上，分派专人对过往发生的绑架案件展开细致复查，期望从中挖掘出新线索。另一方面，安排警员驾驶车辆，模拟绑匪作案时的路线与心理。推测绑匪为躲避警察查岗与监控摄像头，可能选择的路线，沿着这些路线搜寻绑匪留下的蛛丝马迹，力求通过这一方式，有效缩小侦查范围。

一直到第三天早上，万老板的司机收到一条短信，这才让案件性质得以明确，是绑架案。司机收到的短信内容，是要求他前往某个公园的公共厕所，到厕所后面去捡一个东西。

刘总指挥马上安排技侦人员对这条短信进行定位追踪，同时让司机按短信要求去取东西。可是没想到这个司机是个胆小怕事的主儿，死活就是不敢去。无奈之下，大队长只好耐着性子安慰他，说大白天的，我们警察也会在周围保护你的安全。一番软硬兼施后，司机才不情不愿地前往公园。好在过程顺利，司机很快将东西取了回来。

那是一个光盘，内容是万老板的一段录像。录像里，万老板一丝不挂被绑在椅子上，眼睛上的眼罩被胶带粘住。录像一开始，万老板就在大喊：千万不要报警！千万不要报警！我被抓住了很大的"痛脚"，千万不要报警，报警我就死定了。他们要多少钱，你就给多少钱，五千万的港元，要旧的港元，一定要旧的港元，如果钱不够，就去找 × 叔叔去借，他那里有现金，凑够了之后就在 ×× 报纸上刊登招工一百名的信息。

录像到此结束，技侦的同事立刻对录像展开调查。

录像里的背景就是一面大白墙，什么东西都没有。刘总指挥和大队长反复观看录像，试图寻找蛛丝马迹。然而录像中没有透露出任何有关居住者生活的信息。

对声音进行了分析，同样一无所获，除了万老板的声音之外，像是诸如火车声、汽车声、吵闹声，录像中一概没有。

录像中的光源来自钨丝灯，看不到室外的光线，仅从画面上，根本无法判断场景所处的时间究竟是白天还是晚上。

随后就对光盘本身进行分析。首先要确定光盘在此次使用前是否刻录过其他内容。因为若有，借助技术手段大致复原之前的内容，就能获取更多线索。然而经检测，这是一张全新的光盘。当时常规的录像流程，大多是先用摄像机录制到磁带上，之后再从磁带转刻录到光盘。所以，新光盘的刻录方式成了关键。它究竟是在外面专业场所刻录的，还是绑匪自身就具备刻录能力？警员经一番调查后发现，这张光盘采用的是直接一体刻录技术，即摄像机拍摄后直接刻录到光盘上。而掌握这种技术的，当时仅有索尼一家。这意味着，用来拍摄的摄像机也是新设备，该设备在深圳和香港有售卖，售价为八九千元一台。

截至目前，从表面上看，似乎所获有用线索寥寥无几。然而换个角度审视，这恰恰反映出绑匪行事极为谨慎，具备极强的反侦查能力。从这些细节，能够尝试揣测绑匪的心理。

一队警员顺着摄像机这条线索展开调查：近期有哪些人购买了这款摄像机，这款摄像机主要在哪些地方销售，以及摄影爱好者对这款摄像机的评价如何，等等。

另一组队员调查短信。经查明，这条短信是从鲲城一处"城中村"的基站发送的。这处"城中村"以外来流动人口为主。警员立即前往该地，展开秘密监视与调查行动。他们对附近的药店逐户走访，询问近期是否有人前来购买进口降糖药和降压药，详细了解购药人的体貌特征、购买数量等信息，并叮嘱药店工作人员，之后再有人前来购买此类药品，要第一时间向警方报告。

与此同时，调查工作也在附近餐馆展开。根据之前的推测，犯罪团伙规模大概在三人以上，加上人质至少四到五人。考虑到作案的隐蔽性，绑匪大概率是新租的场所，不太可能使用自己的住所或者长期居住的地方。几个人轮流看守受害人，让他们自己做饭的可能性较小，更大的可能是让周围餐馆送餐。在当时，并没有像"饿了么"这样的点餐送餐软件，最常见的方式就是给餐馆打电话，告知餐馆送餐地点，或自己去取餐。我们对周边饭馆展开询问，重点排查是否有人订的量比较大，够五六个人吃的餐食。

然而，遗憾的是，这些调查均未获取有效线索。不仅如此，此前给司机发送短信的那部手机号码，再也打不通，案件调查似乎陷入了僵局。

综合各方汇集而来的线索，目前仅能得出大致推断：绑匪行事极为谨慎，且具备一定的经济基础，是以团伙形式作案。除此之外，有效信息很少。整个案件的调查仿佛在茫茫大海中捞针，困难重重。

刘总指挥做出了判断，只能拖一拖时间，让家属在报纸上刊登："我厂实力雄厚，欲招工五十名。"意思是告诉绑匪正在筹钱，但是需要时间，目前只能筹到一半。然后专案组就等消息。

这样的消息一方面是不让绑匪得寸进尺，如果说五千万一下子就凑齐了，很可能还要更多的钱；另一方面则是通过"钱不够"的信息，吸引绑匪再次和家属进行联系。这样或许就能够获得更多的线索。

果然，招工信息刊登之后，很快绑匪就又发来了一则短信，这次是发给万老板的儿子，内容是继续筹钱，然后等消息。

这条短信是从城中村那边另一个村子的基站发出的，这与先前的调查方向大相径庭，仿佛一下子又将调查工作拉回了原点。并且，发送短信的手机号码、手机型号和之前的完全不同，发送完这条短信后，也再无音信。

这下侦查范围就不好界定了，没办法，只能扩大范围。

绑匪的行为令人琢磨不透，从他们利用不同地点发送短信的举动来看，存在两种可能性：一方面，他们或许有意通过变换地点来迷惑警方，干扰侦查方向；另一方面，也有可能是他们已经转移了地点。

更让人担忧的是，如果绑匪察觉到警方已经介入案件，那么人质的生命安全令人担忧，他们会不会撕票呢？

摄像机那边的调查有了反馈，根据爱好者对于这款摄像机的评价，这个新款摄像机在市场上并不受大家的喜欢，这款机器的亮点就是能够直接刻录到光盘里。鲲城这边进货量比较少，大部分在香港销售。摄像机这条线索也断掉了。

刘总指挥又请来了民俗和语言方面的专家，对绑匪发送的短信内容展开深度剖析。专家们试图从字里行间挖掘出短信发送人的性格特点、籍贯等关键信息。毕竟，不同地域的人在语言习惯、用词偏好上往往存在差异，而个人的性格也可能在文字表述中有所体现。基于专家们可能得出的分析结果，警方计划进一步排查往返于香港和鲲城的人员，并重点关注那些有犯罪案底的人。期望通过这样的交叉比对，能够发现更多与案件相关的线索，为侦破工作打开新局面。

然而，经过专家们细致入微的分析，最终却收获甚微。唯一能够确定的是，前后两条短信出自同一人之手。除此之外，从短信内容中并未发现任何能够明显指向发送人身份特征的线索。

如此强的反侦查能力，绑匪会不会曾经被抓过？从而对警方的破案手段比较熟悉？基于这样的推测，一组警员迅速行动起来，以现有的线索为依据，再次对有相关犯罪案底的人员展开细致的筛查工作。

"痛脚"是粤语的方言，意思是把柄、短处，那么录像里的内容就是说万老板有很大的把柄被抓住了。

会是什么样的把柄呢？又为什么要过那么长的时间绑匪才联系家属？刘总指挥想不明白，难不成绑匪一开始以为抓住万老板就能顺利拿到钱，发现行不通后才索要赎金？但这显然不合常理，从绑匪前期精心的准备来看，这无疑是一场蓄谋已久的绑架。那么，这中间长时间的等待，到底出于什么目的呢？这完全不符合正常的逻辑。

刘总指挥决定再次问问家属，万老板所说的"痛脚"到底是什么。

工厂的资金链，有没有涉嫌赌博、洗钱，或者其他违法行为？相关的信息都在进行调查，询问家属那边也没能得到什么有用的线索。

处处碰壁，这样的对手，即便是刘总指挥，也还是第一次见到。

只能等了。

然而让专案组头痛的不只是绑匪，万老板的儿子小万老板，突然提出想要见一见专案组组长。

大队长本想自己过去，正好再仔细问一问万老板到底有什么"痛脚"。刘总指挥拦住了他，说他想去看一看。交代好了指挥中心的工作，刘总指挥就带着我来到了厂里。

在厂区二楼的办公室，有一面玻璃墙，可以俯瞰下面流水线的工作情况，哪个环节出问题了，对应位置的上方就会红灯闪烁发出轰鸣声，等问题解决后，就会变回绿灯。庞大的流水线非常整齐，三百多名员工都在这里埋头工作。

小万老板在刘总指挥身旁点头哈腰地陪着，很是殷勤。小万老板的秘书适时地给刘总指挥端茶倒水。刘总指挥敏锐地察觉到一丝异样，心中暗自警惕起来，他不动声色，没有先说话，准备看看小万老板接下来的举动。

"领导啊，你看到我们这个流水线了吗？这条流水线是我父亲一点一点搭建起来的，最早的时候，我们厂根本就不行，完不成外商那边的任务，质量上不去，数量上不去，员工的素质也上不去。我父亲经常还要带着我们一起下去干活，就是为了提升产品的质量嘛，员工看到老板都来干活了，自己就会干得认真一点。但是这样也不长久，效率和质量还是达不到标准。我父亲就写了一套奖惩制度，他先是提高了工人的待遇，涨了工资，然后就是您在这儿能看到的红灯和绿灯，每个月出现的红灯的次数，是会被记录下来的，红灯的次数多了就会扣工资。我父亲后来又在工厂二楼搭了这个玻璃办公室，这样员工就会觉得自己一直被盯着看，员工的效率就提升上来了。后来我父亲招工的时候，还会挑那些家境不太好的、需要带孩子的、家里有人生病的，这些人会更需要钱，有牵挂，选这些人进厂，对方也很感激。其实我现在知道了，我父亲是在通过这些手段来提升流水线的效率。"

刘总指挥有点讨厌这种资本家的手段，但是他并没有表露出来，他扭头看了看下边的流水线，每隔一会儿，某处的红灯就会亮起，然后传来刺耳的蜂鸣声。

"我看这红灯也经常亮嘛。"

"平时不会这样的。之前我们请外商也来参观过，那些老外都非常满意，最好的时候，一天都亮不了一个红灯。"

"哦，那现在是怎么了？"

"之前我们工厂都是每月2号发工资，从不拖欠，但这个月已经超过四天没发工资了……"

刘总指挥心里有种不好的预感。

"领导啊，这也正是我想和您说的，您那边不是也让我们保密我父亲被绑架的事嘛，其实就算您不说，我也不会和员工说的，说了他们就没心思干活了。领导啊，这个厂是我们，尤其是我父亲全部的心血，我们所有的家当都在这里面，如果要筹钱，员工的几十万元工资就只能拖着，发不出来钱，员工就不好好干活啊。

"我算了算，如果把钱交给绑匪，绑匪万一没抓到，那我们就全完了，不只是说我们赔钱了，外商那边的订单我们也交代不了啊，我们就被吃干抹净了啊领导。"

"你什么意思？"

"领导，领导，我自己也查了查，我就是想问，一般是不是、是不是绑架案如果三天没破，很大概率就被撕票了，交了赎金也会人财两空。"

"怎么，你小子不想救你爹了？"

"不是的不是的，我就是也不知道我父亲现在还活着不……我……我就是……"

"从这类案件的规律来看，如果绑匪迟迟拿不到钱，他们又很担心事情败露，那确实有可能会撕票，然后跑路。"

刘总指挥盯着小万老板的眼睛，想看看这小子到底什么反应。

"这个案件情况特殊，一来，涉案金额巨大，要是赎金拿不到，绑匪肯定不甘心；二来，就目前掌握的情况判断，绑匪应该没有撕票。保障人质安全，包括人身安全和财产安全，是我们警察的职责，这点，请你相信我们。不过，出于对人质生命安全的考虑，我个人建议，咱们先尽量凑足赎金，稳住绑匪，后续再按营救计划行动。"

小万老板一下子就哭出来了，磨磨叽叽地絮叨着。

刘总指挥叹了一口气，心想这是什么儿子啊，老爹被绑架了，有生命危险，这儿子却只想着钱。

"痛脚"，到底是谁被抓住痛脚了呢？如果金钱就是人的痛脚的话，在这个厂内，所有人都被抓住把柄了……

就在第二次刊登招工信息的第二天，万老板的司机又收到了来自绑匪的短信，和之前一样，还是不一样的手机号、不同的基站，短信内容是让司机拿着钱按照指定的路线前去赎人。

终于来了！专案组立刻对短信中的路线展开分析，推测绑匪要求交付赎金的地点。在之前其他的绑架案中，我们吃过亏。曾经有个绑匪指挥司机在立体交通道路上绕来绕去，最后让司机在最高的立交桥上停车并把钱扔下去，随后，绑匪在桥下捡起赎金骑着摩托车迅速逃离。

所以，针对这条路线的布防极为耗费人力，每一个岔口、每一处上下坡，甚至每一条水沟附近都要安排人手。

另一边，胆小的司机死活不愿意去。他说这次是在晚上，实在不敢，生怕对方直接把他给毙了。无论怎么做思想工作，他都不为所动。刘总指挥见状，便安排大队长跟着车一起去，让司机开一辆商务车，大队长则躺在后排的地板上。如此一来，司机才勉强鼓起了勇气。

当时，指挥中心的气氛非常紧张。面对这样行事诡谲的绑匪，大家心里都没底，完全无法预测他们会做出怎样的安排。也就是说，到时候究竟该如何处置，很大程度上依赖躲在车上的大队长的临场发挥。正因如此，大家对于大队长应遵循的行动原则，产生了不同的看法。

每个人都很真诚，情绪也十分激动。大家首先觉得大队长跟车这一决定存在风险，一旦被绑匪察觉，会引发难以预料的后果，最糟糕的情形就是人质和大队长的生命安全都难以保障。基于这一点，衍生出了三种不同的意见：

第一种意见认为，应当将抓捕绑匪作为首要任务。这群绑匪极其狡猾，截至目前，其种种行径都出乎警方预料。依照绑匪此前的行事风格，必定精心设计了逃跑路线。倘若这次让绑匪逃脱，日后再想抓捕，难度将大大增加。而且这样的绑匪一旦逍遥法外，未来造成的危害难以估量。所以，应当不惜一切代价，争取在此次抓捕行动中将其绳之以法。

第二种主张则倾向于先完成赎金交易。毕竟人质的现状不明，在此情形下，绝不能打草惊蛇。此前推测，绑匪团伙人数大概在五到六人。在这种情况下，想要将他们一网打尽并非易事。况且，在收取赎金现场，根本无法确定在场的就一定是绑匪主犯。如果让人质和警员都冒着巨大风险采取抓捕行动，结果只抓到小喽啰，而真正的主犯却趁机逃脱，那就真是打草惊蛇了，后续抓捕工作将会变得更加艰难。另外，如果过度刺激绑匪，一旦绑匪情绪失控，整个解救行动很可能功亏一篑。

第三种意见认为，当下我们应当态度强硬些，在绑匪收取赎金这个环节掌握主动权，如此或许反而能提高破案概率。毕竟在整个绑架过程中，收钱环节对绑匪来说最为关键。换位思考，从绑匪的角度来看，此时可能是他们最容易放松警惕的时候。所以，我们不能绑匪说什么就是什么。我们应当主动与绑匪进行交涉、谈判，提出我们的条件，努力在这个阶段争取掌握一些主动权。要是一直被绑匪牵着鼻子走，我们成了什么？我们警察又算什么？

刘总指挥看到大家情绪都比较激动，就把大队长拉了过来。

"他们说的都不算，我说的算，我授权给你，只要保证人质安全，你怎么处理都行。击毙也没问题，抓活的当然更好，击毙不了，抓不了活的，不得已放绑匪逃走也没关系，人质安全第一，剩下的我们可以慢慢部署。要是人质死了，就麻烦了，保护人质是第一大原则。"

大家听刘总指挥这么一说，心里顿时豁然开朗。我们警察的职责是什么？打击犯罪的目的是什么？无论我们内心多么渴望抓住绑匪，我们都必须时刻保持清醒，保证人质生命安全才是最重要的，至于其他方面，都可以根据实际情况随机应变。

到了约定时间，司机和大队长带着准备好的赎金出发了。车行驶在路上，绑匪的电话就打了过来。绑匪先是指挥行车路线，随后告知司机开到某某地点，说那里有一辆出租车，届时让司机跟着出租车走。

技侦同事迅速锁定了绑匪打来电话的手机，并调出了通话记录，发现该电话频繁拨打一个固定电话。于是，我们马上安排人员拨打这个固定电话，电话竟然是出租车调度中心的号码，通过沟通我们得知该手机号码是出租车公司一名司机的。紧接着，我们通过调度中心锁定了那辆出租车，然而该车此刻正在别处运营。我们推测，极有可能是绑匪偷走了出租车司机的手机。事不宜迟，我们即刻安排人手顺着这条线索展开追查。

万老板的司机这边，也抵达了指定地点。就在这时，绑匪的电话突然挂断，紧接着一个新号码打了进来。电话那头传来指令，让司机在某个岔口拐下去，关闭车灯，开到某某国道下方的水沟处，随后熄火。

等司机拐到水沟边，天黑压压的，抬眼望去，只见在远处靠近另一条国道上坡的地方，停着一辆车。

这时，电话那边说，你等一下，我让你们老板说话。马上电话里就有人操着广东话，对司机说：

"喂，我是老板，你看到前面的车没有，你赶紧把钱送过来。"

"老板！老板哪，我哪敢呀！"

"你废什么话，你赶紧把钱拿过来啊！"

"老板哪，我是真的不敢啊，我也不敢看啊，我没看到绑匪的样子，我还能活，我看到了我肯定死啊。老板啊，求求你饶了我吧！"

"丢你老母！我丢你老母啊！我让你拿过来你就赶紧拿过来啊！"

"老板啊，我真的不敢啊，而且这五千万很重啊，我也拿不动啊！求求你了……"

指挥中心这边，刘总指挥看到小万老板的脸色变得很奇怪，就赶紧问怎么回事。

"我父亲他从来不骂人的。"

"不骂人什么意思？"

"就是他平时一个脏字都不说，那种'丢'啊的话，他都不说的。可能他现在太害怕了吧。"

刘总指挥点点头，心里却觉得不对劲。

另一边的状况着实令人担忧，万老板的司机胆小怯懦，言谈举止透着慌乱，这让在场的所有人都神经紧绷。从绑匪展现出的反侦查能力来看，他们必定不会轻易过来取钱。司机的畏缩慌乱，很可能让场面陷入失控状态，一旦局面失去控制，人质、司机乃至藏身车内的大队长，他们的生命安全都将受到严重威胁。

"丢你老母！"

电话挂断了。很快司机就看到远远的车上下来三个人，只见其中两人架着另一人，那人脚步踉跄，一瘸一拐地朝着这边走来。

不会吧？他们竟然让步了？

躺在后座的大队长做好准备，伺机行事。当三人越走越近的时候，司机紧紧地抱住头，闭上自己的双眼。

等了一会儿，突然有人敲车窗。

"钱呢？"是万老板的声音。

"在后面。"司机哆嗦着回答。

绑匪把手一松，万老板扑通一声倒在地上，他赶紧呼唤司机过来扶他。

"老板哪，就辛苦您再等会儿吧，等几位大佬拿完钱，我再去扶您好不好啊。"

两个绑匪快步绕到车的另一侧打开车门，一眼就瞧见敞开袋子里的钱。瞬间，绑匪的脸上露出狂喜之色。

"砰砰！"

两声枪响，一名绑匪应声倒地。大队长迅速一个翻身冲了出来，此时另一名绑匪已转身往回逃窜，边跑边掏枪。大队长看见那家伙掏枪，急忙抬手连开六枪。绑匪中枪倒地，大队长迅速跑到远处查看那辆车，车里没人。难道只有这两名嫌犯？

附近埋伏的警察迅速赶到现场，刘总指挥下达指令，要求保护好现场，他要亲自过来查看情况。

另一边，司机已经扶起了万老板。万老板浑身颤抖，模样狼狈不堪，整个人都脱了形。大队长赶紧向万老板确认绑匪的人数。万老板回答说，他所见到的就三个人，刚刚来取钱的两人中，有一个便是他们的老大。

指挥中心的工作人员也听到了这番对话，大家都满心疑惑。这实在不合常理，行事如此缜密的绑匪，在警方之前的侦查下，都没有露出马脚，怎么会亲自冒险前来拿钱呢？这计划怎么看着前紧后松虎头蛇尾啊？

"能不能让我见见领导？"万老板问道。

大队长愣了愣，随即说道："你等等，领导正在往这边赶。"

刘总指挥赶到后，目光落在第一个被击毙的绑匪身上。按照万老板的说法，此人正是主谋。端详着这张面孔，刘总指挥心里涌起一股难以言喻的复杂情绪。

"总指挥，受害人想见您。"

"见我？"刘总指挥应了一声，点头示意后，跟着大队长走到万老板面前。

"万老板，这位就是我们的总指挥，是他指挥行动把你救出来的。"

话音刚落，万老板扑通一声跪下，紧紧抱住刘总指挥的腿，带着哭腔急切呼喊："领导！救救我，救救我啊，求你一定要救救我。领导！"

"怎么回事？不是已经把你救出来了吗？"刘总指挥心里咯噔一下，感觉不妙，回想起刚刚一系列事情，越发觉得不对劲。他赶忙伸手去扶万老板，然而万老板却死死地抱着他的腿，怎么也不肯站起来。

"这样，我们的同事先送你去医院，你先好好做个全面检查。这十天你受苦了，现在已经安全了，不用再担心了。你看这周围都是我们的警察，你不会有事的。你的家人和工厂，我们也都安排好了保护措施，你放心好了。先去医院体检身体。"

尽管万老板还是抽抽噎噎的，但听了这番话，还是乖乖地上了车。

刘总指挥赶紧拉过大队长。

"你是这次行动的大队长，你对这个案件最熟悉，一会儿你跟着去医院，如果万老板身体问题不大，你就赶紧问问到底怎么回事，我感觉这里不太对，我回去问问他儿子，然后就去找你。"

大队长点点头，跟着万老板上车去医院了。

在去往医院的路上，警员们一直紧绷的神经逐渐放松下来。一名警员顺手打开电台，想着听会儿歌放松一下，没想到，万老板的情绪一下变得异常激动。

"同志！求求你，千万别放歌了，听不了了，已经十天了，已经听了十天了，麻烦你先不听了。"

到了医院，万老板很快便沉沉睡去。等到第二天他醒过来，第一句话还是说要见领导。刘总指挥赶来后，万老板让病房里的其他人员都先出去，坚持要与刘总指挥单独交谈。

"你说说吧，为什么说要我救你？"

万老板的眼泪唰的一下就出来，表情都有点癫狂了。

"领导啊，你一定要救救我，我……杀人了。"

时间回溯到七天前，也就是万老板被绑架的第三天。绑匪租下的是一套三室一厅的旧房子，用来拍摄录像的屋子正是其中一间卧室。这伙绑匪共三人，各自住一个房间，而万老板则被捆绑在客厅里，如此一来，三个房间的绑匪都能监视到他。

此刻，万老板被扒得一丝不挂，双手双脚被牢牢绑在一张特制的凳子上。凳子中间被挖了个大洞，供他解决大小便。他的手腕和上半身虽能活动，但幅度极为有限。双眼被蒙住，耳朵上戴着一副厚厚的高保真耳机，哪怕相隔数米，都能清晰地听见里面传出震耳欲聋的音乐。

在万老板左手边，有个垫高的小凳子，凳面与他手的高度持平，上面放着面包；右手边同样如此，只不过放置的是水。饿了就吃面包，渴了就喝水，一切维持生命的所需就这些。耳机里那高分贝的音乐，再加上内心无尽的恐惧，让万老板已经快七十小时没睡觉了。

从那天开始，他已经完全没有任何尊严了。

房门开了，走进来两个人，一个是绑匪老大，另一个是个女人，从穿衣打扮来看，应该是个"小姐"。这女人晃晃悠悠地被绑匪拉到了离门最近的卧室。

过了一会儿，绑匪老大走出卧室，指挥另外两个马仔把万老板抬到另一个房间。万老板被抬进去后，绳索被解开，随后，一床被子扑通一声扔到了他面前。声音很沉重，像是什么东西被包裹着，砸在地面上的声音。

"万老板，你自己摘下眼罩。"

万老板费力地摘下眼罩，扯掉胶带时眼皮都被扯下一小块。

"看得到吗？"

"看不到。"万老板眼前一片漆黑，因长时间被剥夺视力，此刻的他什么都看不见。

"没事，过一会儿就看到了。"

"好，好。"

"我和你说，你听好了，明白吗？"

"明白，明白。"

"你前面有把枪，你可以摸一摸，等你看到了，再拿起来也可以。但是我要告诉你，我们现在有三把枪对着你，你面前的枪，只有一发子弹，你明白吗？"

"明白，明白，我不敢，我不敢。"

"好，你现在能看到了吗？"

"能看到一点。"

"好，你看到你面前的被子了吗？"

"看到了。"

"你拿着枪，过去看看里面是什么？"

万老板跪在地上，拿着枪，爬过去，他也看不太清，只能边看边摸。

被子里是一个裸体的女人。

"摸出来是什么了吗？"

万老板没说话。

"摸出来是什么了吗？"

"是……人……"

"好，你现在拿枪打死她，你不打死她，我们就打死你，明白吗？"

房间的一角摆放着一台摄像机，镜头正对着万老板和那个可怜的女人。从摄像机拍摄的画面中可以看到，万老板的手四处摸索着，摸到了女人的头，随后他拿起手枪，对准女人的头，扣动扳机开了一枪。

"砰！"

"好了。现在你是杀人犯了，我们是绑架犯，我们被抓了，最多判个几年，你是杀人犯，是死罪。你刚刚杀人的视频，我们都录下来了，你明白吗？"

万老板再也控制不住自己，身体剧烈地颤抖起来，眼泪和鼻涕不受控制地汹涌流出。

紧接着，绑匪们将万老板重新捆绑起来，就在他眼前，用剔骨刀残忍地把死去的女人分尸。

又过了一会儿，绑匪把摄像机放到万老板的面前，重新给他戴上了眼罩。

万老板按照绑匪之前教给他的话开始录像：

"千万不要报警！千万不要报警！我被抓住了很大的'痛脚'，千万不要报警，报警就死定了……"

刘总指挥、大队长与警员们来到绑匪的出租屋。一进厨房，他们就看到一口大号的高压锅，锅内残留着尸块。在阳台上，警员们还发现了一些尚未清理干净的白骨……

在绑匪老大的房间里，摆放着几本书。刘总指挥目光扫去，落在那本翻开的书上，是《拿破仑传》。

恰在此时，大队长的电话骤然响起。只听电话那头汇报："报告大队长，万老板死了，死因是高血压、高血糖引发的心力衰竭。"

大队长愣了愣神，喃喃道："他这是被老天抓住了'痛脚'……"

七、澳门风云

那起绑架案告破后，参与案件侦破的警员都病倒了。在这紧张的十天里，办案人员总共休息的时间加起来也就十五六个小时。案件侦破带来的兴奋，以及长期疲劳后身心的放松，这种快乐是心理和生理上同时产生的。当时感觉身体会分泌某种物质，让人浑身都感到轻松。

庆功宴上，大家大口吃肉，大口喝酒，每个人都豪情满怀。一场案件让很多人成为战友兄弟，大家认真工作时拼命的样子，让每一个看见的人都心生尊敬与感动。席间，很多人来回相互敬酒，刑警们本就豪爽，彼此相互理解，只要举起杯子，就一饮而尽。喝着喝着，大家都醉了。

几天后，第三名绑匪落网，他正是在出租车里的那个人。他用骗得的出租车司机的手机打了电话，之后坐在车里，引导着万老板的司机跟他走。

根据从犯的口供，绑匪主犯是从香港跑到鲲城这边的。没人知道他的真实姓名，只知道他看着像个老板，经常打麻将，还会在打牌时用小恩小惠物色人手。

这个从犯当时说，自己觉得跟着主犯能赚大钱，未来充满希望，还觉得主犯特别值得信任。主犯说话不紧不慢，让他打心底里愿意相信，反正就是对主犯言听计从。从犯罪心理学角度分析，这个主犯堪称把控人心的高手，单从他控制万老板的手段便能看出一二。

绑匪们先是在各个工厂踩点，最后选中了万老板的工厂，原因主要有两点：其一，他们认为这个工厂肯定资金雄厚；其二，他们看上了万老板的两辆车。为实施犯罪，他们提前好几个月便开始筹备。在不同时间和地点，他们购买了十台手机和电话卡。每次使用时，都是主犯先编辑好短信，然后让马仔拿着手机，开车前往指定地点发送，发送完后就立刻关机，随手扔进河里。甚至马仔去指定地点发信息时，也并非都开车前往，有时出行是通过电话预约出租车，乘坐出租车过去。除此之外，他们还通过黑市购买黑车，并制作套牌。同时，购买高压锅、剔骨刀，精心设计折磨万老板的手段。

据从犯坦白交代，当时他和另一名从犯都与那个女人发生过关系。当目睹那个女人被杀时，他们对主犯满心恐惧。在讲述分尸经历的时候，他忍不住呕吐，精神状态也变得很不正常。

这个主犯对作案工具的准备十分"用心"。他专门钻研光盘刻录技术，还在香港购置了新款摄像机和高保真耳机。为了让受害者无法视物，他精心挑选了多种眼罩，可到最后，他觉得眼罩还不够保险，又用胶带将眼罩牢牢粘在人质眼睛上。

从犯说，或许是主犯自认为已经完全掌控人心控制局面了吧，在他眼里，人质和家属已经完全被控制，人质甚至都不再被当作人看待，所以他才如此放心。他亲自去拿钱，想必是因为贪财和对同伙的戒备。

在这个案件里，三个施暴者与受害人的人性都被扭曲。人性的丑恶毫无保留地展现出来，实在令人毛骨悚然。

这样犯下极端残暴罪行、对社会危害极大的罪犯，我们都是头一回碰上。他们漠视生命，肆意践踏人的尊严，实施的是极端恶性暴力犯罪。身为刑警，倘若不能将他们绳之以法，实在是有负身上这身警服，更对不起"人民公安"这沉甸甸的四个字。

专案组后来查到，本案主犯是广东人，在香港长大。香港曾有个犯罪集团头目，被称作"世纪贼王"的张子强，他外表白白净净，完全不像个穷凶极恶的悍匪。可张子强从十二岁起就频繁出入警局，十六岁时首次入狱，即便多次被抓，刑满释放后仍重操旧业，哪怕结婚生子也未曾停止犯罪行径，其以犯下绑架案而臭名昭著。香港首富和第二富豪都曾遭他绑架，他分别成功索要了 10.38 亿和 6 亿港元赎金，数额极其惊人。此外，他还抢劫过香港运钞车，抢走 1.6 亿港元，却都因证据不足而被释放。张子强这种犯罪行为所产生的示范效应，对本案主犯这类人产生了不良影响，他们错误地认为，只要犯罪计划设计得足够周密，不留下任何证据，就有可能逃脱法律的严惩。

张子强的种种犯罪行径，极大程度地扰乱了社会秩序，给公共安全带来了严重的威胁，也让受害人及其家庭遭受了难以估量的伤害。香港回归后，在 1998 年 1 月，广东警方凭借专业能力与不懈努力，成功将张子强抓捕归案。以他为首的犯罪团伙，犯下了绑架、勒索、走私武器以及非法持有枪支等一系列严重罪行。随后，广州中院依法对其进行审判，张子强被判处死刑，其团伙中有五人同样被判处死刑，另外三十一人也都根据各自罪行分别被判刑。这一结果，让广大民众拍手称快。

张子强案件的审判与执行，对潜在犯罪分子形成了强有力的震慑。这充分表明中国政府始终秉持坚决打击严重犯罪的态度，绝不手软。无论犯罪分子势力如何强大，都必定会受到法律的严厉制裁。任何犯罪团伙都逃脱不了覆灭的命运，社会正义最终必将得以伸张。

我虽未参与张子强案的专案组，不过那时我们反黑大队正投身于另一个专案组，执行一项极为艰巨的任务——澳门打黑特别行动。

我没想到澳门回归前社会秩序如此混乱。澳门总人口四十多万，而澳门警方要求登记的黑社会成员就多达两万多人，这意味着几乎每个人都或多或少与黑社会存在关联。

澳门回归，表面上看似平稳顺利，但实际上经历了诸多波折。当时澳门的混乱状况比香港回归前有过之而无不及，香港存在的各类黑社会组织，澳门全都有。在我们进驻之前，澳门每天都有炸弹袭击和纵火事件发生。炸弹威力不大，多数只能炸毁一辆摩托车，这其实是一种示威手段，比如在居民家门口的摩托车上放置小型炸弹，一爆炸就引发火灾。甚至连总督府都遭到炸弹袭击，这类事件基本每天都在上演。还有一些犯罪分子骑着摩托车，手持冲锋枪对着赌场扫射一番后便迅速逃窜，警方根本难以抓捕。直到澳门回归前一天，那些黑社会组织才主动上缴枪支，我们收缴到了大量枪械。

当时，引发澳门社会治安动荡的一个主要原因是1997年的亚洲金融风暴。金融风暴过后，赌场的客人就少了，澳门的主要经济支柱是博彩业，政府税收的70%以上来源于此，老百姓缴纳的税款也大多与博彩业相关。倘若博彩业纳税减少，政府的财政就会陷入困境。

澳门工业基础极为薄弱。虽有一座发电厂，但发电量连自身需求都无法满足，还需广东输送电力；有一座自来水厂，同样无法满足用水需求，也依赖广东供水。此外，澳门还有七八家制衣厂，不过这些制衣厂基本不从事真正的生产制造，主要是贴牌加工。

1997年金融风暴过后，澳门的博彩业严重萎缩。当时澳门博彩业背后基本都有黑社会势力渗透。经济形势不好时，各方利益冲突加剧。赌场之间为了争夺客源，经常发生冲突打斗。追根溯源，这些都是利益纷争所致，并非外界所猜测的存在政治因素。金融风暴后，1999年澳门即将回归，这些混乱局面严重影响到澳门回归前的社会稳定。

当时，国家成立澳门安保办公室，由公安部领导亲自坐镇，针对澳门黑社会问题筹备澳门打黑专项行动。刘国栋被上级指定为专案组副组长，他深知责任重大，便申请挑选几位熟悉港澳情况且具备实战经验的打黑民警。就这样，我带领鲲城反黑大队的几个兄弟加入了专案组，同时，沿海几个省的反黑大队长也率领精兵强将进驻澳门安保行动组。

我们当时把澳门的基本情况摸清楚后，开展了"101系列行动"，包含101A、101B、101C等，陆续侦破了三十多个涉黑案件。在打击黑恶势力的过程中，我们依法严惩了一批犯罪分子。其中，将一名罪大恶极的黑社会头目依法枪毙，澳门的社会治安局势迅速得到扭转。此前，由于澳门原有法律体系中没有死刑，黑社会成员有恃无恐。但此次我们坚决依法打击犯罪，让他们意识到法律的威严不容侵犯，黑社会团伙马上收敛了许多。

被枪毙的那个黑社会头目叫阿涛，江湖上人称涛哥。真实的黑社会头目，并不像电影、电视剧里刻画的那些粗鲁莽撞的悍匪形象，真正能爬到那个位置的，从不是莽撞之人。

阿涛这人极其狡猾聪明。我们抓捕他时着实费了一番周折。他深知内地公安执法能力强，法律也严格，一到内地就表现得很老实，最多嫖个娼，即便被抓住，也只是拘留十五天。

后来我们接到报案，阿涛在澳门打劫了一家地下钱庄，这家钱庄是做外币兑换生意的，老板是位女性。他抢走了女老板三百多万港元以及若干美元，在当时，这算得上是一笔巨款。作案后他逃到了内地，如此一来，我们就有了抓捕他的充足理由。这是现行案件，且他逃至内地，我们随即立案展开调查。随着侦查工作的逐步深入，侦查范围不断扩大，我们逐渐发现了他诸多犯罪事实，最终查明他在珠海曾犯下命案。依据内地法律，他将被处以死刑。

这家伙有不少老婆，到处都有他的丈母娘还有孩子，甚至在内地也有老婆。得知我们要抓他后，他开始逃窜。我们一路紧追不舍，从澳门追到广州，又从广州追到上海，再从上海追到延边。之后他还妄图逃往蒙古国或者俄罗斯，未能得逞，便又折返跑到普陀山，去拜观音祈求保佑。从普陀山又跑回广州，最终在广州被我们抓获。当时，专案组里那位广州的打黑大队长，一路紧跟他追遍了大半个中国。

阿涛被绳之以法后，社会上开始出现各种传言。有人传言，我们成功捣毁了好几个黑社会的军火库，缴获了大量枪支。甚至还有传闻称，内地警方配备了先进仪器，只要开车从你家门口经过，就能知道你家里是否藏有枪支，不赶紧处理掉就会被抓。吓得一些人赶忙把枪扔出来，生怕被抓。

后来，我们确实发现了不少被丢弃的枪支。很多枪被扔在了坟地里，像澳门的公共坟场就有不少。还有的被扔在别人家公寓门口。最夸张的是，有个渔民在莲花大桥桥底下开着渔船打鱼，一网下去，感觉捞上了条大鱼，结果拉上来一看，是个大旅行袋，打开后发现里面竟有七支枪。渔民当时就蒙了，这地方属于澳门海域，可自己是内地人，这玩意儿应该交给谁？一番商量后，他们决定把船开回内地，将这袋枪交给了中山市公安局。

澳门回归后，由于国家对枪支管理极为严格，私藏枪支属于严重违法行为，澳门的社会治安得到了极大改善。我国一直是枪支管理最为严格的国家之一，不仅普通百姓严禁私藏枪支，就连警察配枪、用枪也受到诸多限制。

我们专案组的办公地点设在澳门司法警察局。在 101 系列打黑行动圆满落幕之后，澳门社会各界都对中国公安的表现赞叹不已，说中国公安太牛了。在此次行动中，黑社会成员该抓的抓，该判的判。即便是那些因证据暂时不足而未被抓捕的涉黑人员，也都被震慑住了，不敢轻举妄动。

随着澳门回归的日子日益临近，我们也越发紧张，在这个关键时刻，绝对不能出现任何差错。

就在澳门回归的前一天，我们接到专案组的命令，要求将那些黑社会成员召集起来，首先把各个头目都召集起来，给他们开个会。

"明天澳门要回归了，解放军要进驻了。"

"我们欢迎解放军去。"

"不行，你们不能上街。告诉你们那些徒子徒孙，统统都得在家待着，不能出去捣乱。"

"我们肯定不会捣乱的，我们欢迎解放军。"

"用不着你们欢迎解放军，如果你们那些徒子徒孙出了问题就找你们，说明你们没有把徒子徒孙管教好。"

"有些人我们看不住。"

"看不住？我给你们出个主意。你们每人包下一个酒店，把自己的手下都叫到那里喝茶、吃饭。你们自己安排人手守住门。要是有人上街捣乱，到时候就唯你们是问。"

我们专案组也安排了几名成员坐在酒店门口值守。在这种情况下，没人敢擅自出去。甚至个别成员家里真有事的，也主动向我们请假报备，大家都十分配合，没有人捣乱。

香港、澳门的顺利回归，无疑是国家发展进程中的重大里程碑，令全国人民欢欣鼓舞。对于我们这些投身于港澳安全保卫工作的参战民警而言，除了有完成任务的满足，更有一种扬眉吐气、一雪前耻的酣畅之感。这段经历，也让我拥有了可以拿出来吹吹牛的资本。

说起吹牛，这在我们刑警之间，也算是一种探讨业务的方式。在协查办案时，我们常常相互交流经验，分析犯罪趋势。公安部刑侦局也会定期举办培训班，给我们提供交流学习的机会。现在都说"犯罪无国界"，以前则是"犯罪无省界"。中国有九百六十万平方公里，山川、平原、海河、小溪、城镇、乡村，地域广阔，犯罪分子到处流窜。很多犯罪分子十分聪明，甚至把犯罪当成一种"职业"。我们警察每天研究如何侦查破案，犯罪分子就琢磨在哪里作案能逃脱制裁。用猫捉老鼠来形容警察和罪犯的博弈很形象，猫在明处，老鼠在暗处，看似猫总是被老鼠牵着鼻子走。但我们绝不能被犯罪分子牵着鼻子走。

我喜欢和北方的警察一起吹牛，感觉特别过瘾。南方警察和北方警察的办案风格不一样。两地犯罪分子的犯罪风格也不同，北方的犯罪分子性格大多比较彪悍，一言不合就动刀动枪，恶性案件相对较多。南方的犯罪分子胆子相对较小，但心思缜密，很多都是高智商犯罪，他们主要图财，把犯罪当成一门赚钱的生意，会计算性价比，还特别会钻法律空子。

如今有这样一种说法"科学的尽头是玄学"，对此我不认同。不过在工作过程中，我们确实遭遇过好多回难以解释的现象。你说这些是玄学吧，又觉得不太准确。解释不通的时候，我们就会把它归结为：正义始终站在我们这一边。

那天，我和一位技侦同事一起研究案情，很多案件都得依靠技术侦查来获取侦查线索。

我们聊着聊着，话题就扯到了一些江湖奇事上。之所以对这次聊天印象格外深刻，首先我们都是共产党员，都是坚定的无神论者，尤其是搞技术的他，更是如此，对于什么神啊鬼的，我们是不相信的。我讲起一个江湖骗子用手段骗钱的故事，他马上就能说出其中的手法，还当场拿纸巾给我演示，像"三仙归洞"，还有控制扑克牌让人选中指定的牌这类把戏，他说很多手法其实和魔术一样，只不过有些罪犯把魔术和封建迷信、暴力威胁相结合，这就产生了"化学反应"，让观众变成了受害人，原本置身事外的人走进了迷雾般的陷阱，自己也就看不清状况了。

说着说着，他自己也兴奋了起来，说有几个案件，他到现在也弄不明白，说不清。

"那是一起系列强奸案，罪犯专挑十到十三岁的初中女生下手，作案毫无规律，完全随机，就跟发了疯似的。很多受害女学生心理遭受重创，极难恢复。案发后两天，我们通过技术手段锁定了好几个嫌疑人。然而，抓捕时却出了岔子，其中一个嫌疑人狡猾得很，几天内逃窜了三个省，又犯下几起案子。当时我们都气疯了，说这孙子纯粹是个疯子，完全不管不顾，一门心思地犯罪，跟耗子似的，刚露出点踪迹转眼就跑得没影了。两次抓捕，感觉就差了几分钟，眼睁睁让他溜走。我们所有人都红着眼睛，嘴里骂骂咧咧的，发誓一定要抓住这个罪犯。结果呢，到了第四天，还真把他抓住了。你猜猜，是怎么抓住的？"

"怎么抓住的？"

"要不我说老天爷要收他呢，当时他尾随了一个初中生，一路跟到了家里，正想侵害这个女孩时，女孩的爸爸正好这时候回到家。见此情形，女孩爸爸跟他扭打起来。但女孩爸爸没打过他，叫他给打晕了。这罪犯一看闹出这么大动静，警察肯定马上就到，他就赶紧跑了，他跑到外面，有条岔路，左边是公路，右边是小区绿化带里的小路。他当时就选了右边小路，结果，跑着跑着，没注意前方有根晾衣服的铁丝，直接被割喉，当场就死了。

"你说这不是老天爷要收他是什么？那根晾衣服的铁丝不高不矮，位置刚好就在他脖子的高度。当时他面前有左右两条路，左边那条公路，他要是选了，很可能搭上辆车就跑了，算是条活路；右边这条是小区绿化带里隐蔽的小路，谁能想到竟是他的死路。我们收到报警后，两分钟就赶到了现场，当时心里还犯嘀咕，别又让这混蛋跑了。我们顺着两条路排查，没多久就看到了他的尸体。后来把他的指纹、DNA 一比对，果然就是这个犯下一系列罪行的家伙。妈的，这家伙就该死。

"还有个案子，涉及两对夫妻，说起来巧得很，还牵扯到一个贪污逃犯。先讲第一对夫妻，他们干的是卖淫和仙人跳抢劫的勾当。妻子卖淫，丈夫瞅准时机实施仙人跳，抢嫖客的钱。他俩在老街一带活动，来回物色目标，后来辗转到了城中村。当时，这对搞仙人跳的夫妻把钱花光了，只能住十元店。

没钱了，生意也不好，妻子没客人上门，丈夫就琢磨着干脆直接抢劫，便在城中村寻觅下手对象。这家伙盯上了一个年轻漂亮的女人，这女人也是做小姐的。他想着先去嫖她，然后再把钱抢了。那时候，小姐被抢甚至被杀的情况不少，毕竟她们卖淫违法，用的都是假名，遇到抢劫也不敢报案。这丈夫看这女人这么漂亮，觉得她肯定有钱。可他没想到，对方也是两口子，妻子做小姐，丈夫负责望风。说起来，这第二对夫妻相对老实些，单纯从事卖淫。

"那天，这个搞仙人跳的丈夫去找那个小姐，但小姐的丈夫在楼下拦住他，不让他上楼。搞仙人跳的家伙以为对方看不起他，其实对方不让他上去是因为当时小姐正在接客。这个搞仙人跳的男人寻思着，反正一会儿要抢劫，留着楼下这个男的风险太大，于是直接掏出刀把人捅死了。

"杀完人后，他上楼准备抢劫，一开门，发现屋里还有个男人，两人瞬间扭打起来。厮打几下后，屋里那男人转身就跑，留下小姐，也惨遭杀害。这事儿闹得动静很大，警察没过多久就赶到了现场。

"警察赶到后，通过勘查足迹、绘制嫌疑人画像等手段，很快就把那个参与仙人跳的妻子给抓获了，而她丈夫却直接跑路，连妻子都不管不顾了。在案发现场，我们发现了之前慌乱逃走的嫖客遗留的东西，他跑得匆忙，钱包里的证件、票据之类的都落在了现场。我们一查，坏了，这人是通缉令上的在逃人员，一个贪污犯。我们赶紧向上级汇报，当时这个贪污案有专案组，于是马上展开联合侦查。更离奇的事情发生在专案组后续调查中。

"当时，专案组那边对这个案子着实头疼不已。那个贪污犯并非案发后才开始逃窜的，而是早在三年前，也就是贪污案件被牵扯出来之前，就已经跑路了。都已经跑了三年了，和家里人也完全断了联系。想要抓捕他，难度很大。侦查范围难以确定，甚至都没法确定他是不是已经逃到国外去了。专案组为此焦头烂额，只好发布通缉令，向社会征集线索。结果，收到的线索里，有一条特别奇特。提供线索的是个神神秘秘的人，也分不清到底是道士还是和尚，总之这人给出了几条线索。

"第一条线索说，这案子得赶紧破，最好在三天之内，要是过了这个时间，恐怕就得等上一两个月才有眉目。第二条提到，这案子还会和杀人案有所关联，大概意思就是后续还会牵出一起杀人案件。再往后，这人说要在东南方向去抓捕这个逃犯，而且协助抓人的会是个姓黄的。最后一条线索说，最终抓到人的情形会是成双成对的。

"专案组的人看到这些线索，当时压根没当回事，毕竟大家办案都是讲科学、重证据的。而且这人写的这几条所谓'线索'，仔细一看，根本没什么实质内容。像什么三天内破，不然就得等一两个月，这不是说了等于没说嘛。还有要在东南方向抓，这完全没法依据它来布防啊，当时逃犯的侦查范围几乎涵盖全国，更何况这人老家在北方，怎么想都和东南方向联系不上。

"再说成双成对这事，逃犯的老婆原本是个挺好的人，对丈夫贪污的事一无所知，出了这档子事后，她急得脑梗发作，一直在医院躺着，她丈夫贪污那么多钱，都没管过她，所以说什么成双成对抓住逃犯，根本就不靠谱。至于提到的杀人案，大家听完也就当是个笑话。

"但是巧就巧在这里了，我们把案件情况上报后，经过身份线索的比对，竟发现提供线索的这人所言非虚，这可是重大线索，简直就像天上掉馅饼一样。于是，两边警力迅速展开追捕行动，我们在从城中村向外的几条主要路线上设卡，排查车辆等相关信息。结果，就在第二天早上，在一辆长途大巴车上，成功抓获了杀人后逃窜的嫌疑人。

"可这还不算最让人惊叹的，最神奇的是，那个贪污逃犯，居然也在同一辆车上。就这么一下子两个人都落网了。专案组负责人的反应才有意思呢，一看到抓到人，赶忙问负责抓捕的警员，他们几个人姓什么。

"抓人的警员姓黄，而那个搞仙人跳的家伙，也姓黄。而且抓到他们的那个地方，就在城中村的东南方向。

"这事儿完全说不清楚，毫无道理可言，但它确实就是事实，根本解释不通。

"两个背叛妻子、抛弃家庭的人，因为一桩命案，最终成双成对地走上了不归路。"

我听完也震惊不已，实在想不到世上竟会有如此巧合之事。我不禁暗自思忖，不知道是这位技侦同事为了保密，对案件细节进行了艺术化处理，还是冥冥之中真的有神明在庇佑，助我们伸张正义。

沉默良久，我由衷感叹道：

"老天有眼，善恶到头终有报！不是不报，只是时候未到！"

八、绝活儿

那年9月，全国各地大中小学刚开学，一起震惊世人的爆炸案突然发生。

孙伟强案件是一起极为罕见且令人痛心的暴力事件。案件发生后，公安部第一时间调集了国内几位知名的刑侦专家，齐聚案发现场。要知道，在面对复杂刑事案件时，刑侦专家身处案发现场，对于快速找寻线索、锁定嫌疑人，往往能起到至关重要的作用。

"孙伟强跟着父亲来到鲲城是来找妈妈的。他妈妈的手很巧，会做衣服、改衣服。她只需对衣服稍作改动，就让穿的人变得不一样。在老家时，附近村里的姑娘媳妇都喜欢找他妈妈改衣服，那些常见的蓝色、灰色普通粗布面料，经孙伟强妈妈之手，仿佛施了魔法一般，改出的衣服线条优美，穿上细腰肥臀很扎眼。村里老人家有说三道四的，说她改的衣服有伤风化。"这是在案件破获后的案情复盘会上，主办民警向受邀前来了解案情的教育部、团中央、全国妇联以及中国关心下一代工作委员会的相关负责人，介绍主犯的家庭背景。

鲲城发展飞速，不仅吸引外商投资建厂，也吸引了孙伟强妈妈这样有点手艺、想外出打工的人。孙伟强的父亲陪妻子来鲲城一趟后，妻子就喜欢上这儿了。之后，妻子和丈夫商量，想留在鲲城的服装厂，多挣点钱，把孙伟强接到鲲城读书。那年孙伟强六岁，快到上小学的年纪了。

但妈妈这一走，就再没了音信。每年，父亲都带着孙伟强来鲲城找妈妈，今年已经是第十个年头了。父亲说，要是这次还找不到，就报警。村里不少人都笑话父亲，说你老婆肯定早就跟别人跑了，再找也没用，还不如给孙伟强找个后妈。可父亲根本不相信自己的妻子会跟别人跑，等孙伟强完成九年义务教育后，就带着他来到鲲城，一边打工，一边继续寻找妻子。

他们把能找的地方都找遍了。当年那个外商投资的服装加工厂，因为厂里出了些状况，老板早就撤资走人了。工厂现在换了新老板，也不再是服装厂。曾经在服装厂工作的工人都去了哪里，压根没人清楚。那几年，父亲带着孙伟强跑遍了鲲城大大小小的工厂，只要一提起孙伟强妈妈的名字，得到的回应都是不知道、没见过。

那天，孙伟强和他父亲走进派出所，是我接待的。我当时满是同情地看着他们，详细记下他们的情况后，告诉他们会立案调查，但能不能找到人，确实不好说。我还跟他们讲，这几年像他们这样来报失踪的人有很多，大部分是出来打工后就不想回农村了。孙伟强妈妈有手艺，心气又高，我推测她可能已经不在鲲城了，甚至有可能出国打工去了。

孙伟强和他父亲就这样在鲲城找了个矿场打工。日子一长，孙伟强患上了慢性支气管炎，每到换季，就会发起烧来。而孙伟强的父亲，可能也患上了尘肺病，老是咳嗽个不停。采石、碎石，在那尘土漫天的恶劣工作环境里，父子俩的身体一点点被损耗，人越来越瘦，脊背也越发弯曲了。

去年，矿山爆破时，孙伟强的父亲不幸丧生。据矿场的人说，孙伟强当时没有哭，脸上毫无表情，让人猜不透他心里是什么感受。矿场老板给了孙伟强五百元抚恤金，之后，孙伟强就走了。

那天，孙伟强又到派出所来找我。他跟我说，父亲去世了，往后要独自在社会上闯荡，实在太难了。他也不想回老家。妈妈还没找到，父亲又死了，他才十六岁，完全不知道该如何是好。他说自己躺在硬板搭成的床铺上时，甚至会想，死去的人会去往哪里，死了是不是就不用再受苦。才十六岁的孩子啊，我赶忙劝他，鼓励他要坚强地活下去，还对他说，我们一定会积极帮他寻找妈妈。

孙伟强身上还有五百元，是父亲的抚恤金，如果省吃俭用，够花大半年的。这五百元抚恤金也让孙伟强感到很不安。他觉得这些钱是没有根的，花一分少一分，花完就没了。他现在也经常咳嗽，找工作四处碰壁，靠五百块钱不知道能撑多久。而且这些钱都是五十元的大钞，他揣在身上，整日提心吊胆，生怕被人抢了去，要是真被抢了，那可就彻底完了。

他来派出所的时候，把钱藏在了家里。他把出租屋翻了个底朝天，找到的不过是几本卷了边的色情杂志、一些盗版光碟、几根零散的香烟、妈妈以前用过的针线盒，还有十几块零钱。孙伟强把那五百元钞票藏到了窗帘挂钩上面的木梁上，还用胶带粘牢。好在他藏得隐蔽，也幸亏他那天晚上来了派出所。听说他从派出所回去后，发现家里遭贼了，东西被翻得一片狼藉，吓得他扭头就跑。

孙伟强和父亲居住的出租屋，位于离矿场很近的一个城中村，这里的住户都是外来务工人员。周边的商铺，全都盯着这些务工人员的钱包。售卖的食物，皆是重油重盐、口味浓重的类型；香烟和酒也都是散装的。挂着粉色灯的地方，便是提供色情服务之处；用简易棚子搭建起来的，就是赌坊。在鲲城，即便只是工人，娱乐生活倒也"丰富"，甚至还有将避光性良好的小屋子改装而成的色情影院。孙伟强就在这样的环境里混了一整夜。

以前，父亲向来不许孙伟强晚上出门。一到晚上，城中村比白天还要热闹。白天的时候，耳边充斥的大多是工地里大型机器发出的声响，间或还能听到几声爆炸声。

现在没有人管他了，也没了可以依靠的人。那天晚上，孙伟强临走前，从家里拿出散装烟，点燃三根，面向老家的方向拜了拜，随后便抽了起来。烟味呛得他一阵咳嗽，稍作停歇后，他又接着抽。三根烟，每根都只吸了几口，他就感觉头晕目眩，身体好像没了力气，这才决定出门。

孙伟强出门后，径直去楼下买酒。卖酒的老板说，当时给孙伟强打了酒，看着他拿着酒先是朝家的方向走去，可没走多远又绕了回来，接着便抱着酒喝了起来。没喝几口，他就吐了，然后他又晃晃悠悠地朝着派出所的方向走去。

再醒来的时候孙伟强已经在我们派出所了。身上还有呕吐物的臭味，他说头很疼。我一看又是他，就问："你怎么样？喝多了怎么又跑来派出所了？"

"我爹昨天死了，我想问我娘找到了没有。"

"你跟我来。"

我给孙伟强递了杯水，让他坐那儿等我。那天晚上派出所很忙，孙伟强醉醺醺的，就蜷缩在椅子上睡着了。

等他睡醒，我问他要不要送他回家。他说不用，就自己走出了派出所。这之后，我再没见过孙伟强。

"我们从案发现场获取线索后，走访了所有可能见过孙伟强的人，大致还原出他的行为轨迹以及作案动机。但一名十六岁的流浪少年，在一年之后究竟是如何沦为暴力案件的凶手，这是我们今天邀请各部门负责人前来，希望一同探寻的答案。"公安部刑侦局副局长丁杰说。

孙伟强决定离开鲲城。他回到家，把屋里的东西检查了一遍，发现有几个盗版光盘不见了，剩下的家当也就只有几件衣服和几本色情杂志。孙伟强找了个包，将厨房的刀和火柴放了进去，又把钱分成两份，分别贴在内裤里和鞋子里，还带上了妈妈用过的针线盒，随后便背着包离开了。他心里清楚，这个"家"已经没法再待下去了。

孙伟强坐公交车去了市里，这个地方他还有印象，之前爸爸曾带他在这儿待过好些日子。凭借着记忆，他找到了曾经寻找妈妈时走过的街道。他在周边转了一圈，随即开始为晚上在哪儿安身发起愁来。

他觉得这里的每个地方都让他没有安全感。不管是小餐馆，还是公园，只要稍微停留一会儿，他就心慌意乱。手里拎着的手提包更让他提心吊胆，生怕有人瞧出他是个流浪儿，进而盯上他，抢他东西。他在街上转悠了许久，终于想到一个自以为不错的解决办法。他去买了一个大号腰包，斜挎在身上，紧紧贴着胸口，又买了一根皮带和一把小刀。

他在公园寻到一处公共厕所，走进其中一个单间，将手提包里的东西都拿出来。他把这些东西仔细分了分，接着拿出针线盒，在皮带上缝出一圈隐蔽的小口袋，每个口袋大小正好能塞进一张叠好的五十元钞票。缝好后，他又把皮带缝到裤子上。做完这些，他走出厕所，找了个没人的地方，将手提包埋了起来。

孙伟强的下一步行动，便是前往银行换钱。他拿出一张五十元钞票，换成了面额最大不过五元的一把零钱，而后将这些钱放入腰包。换完钱后，他在银行周边不停地左拐右拐，来来回回绕了好几圈。

接下来，他的任务就是找一个容身之地了。他一直走到晚上，才选定了一家网吧，这家网吧位于商场楼下，距离派出所不远。

这家网吧无须出示身份证就能上网，像孙伟强这样的人，网吧工作人员早已司空见惯。于是，孙伟强开启了这样的生活：晚上在网吧落脚，白天则在外面四处游荡。

在网吧住了大半年，这段日子里，孙伟强摸索出一套自己的生存之道。他几乎不与旁人说话，只是默默观察着周围。饿了就到外面买点吃的；身上实在臭得不行就去澡堂洗个澡。孙伟强在网吧学会了玩游戏、看电影。每到夜晚，他看着电影里激烈的枪战与震撼的爆炸场面，玩的游戏也尽是开枪、砍杀之类的内容。

抽烟、喝酒、不换衣服、不梳洗打扮、不和人交流。身上散发着刺鼻的臭味。由于长时间不说话，偶尔张嘴，那陌生的声线竟能把自己吓一跳。网吧最角落的单人座，就是他的"家"。孙伟强觉得自己已然成了鲲城这座城市里的垃圾。

现在没人能认出他来了，也不会有人觉得他只有十六岁。这个可怜的孩子。

也许就会这样在某一天死掉吧。

案发前一个月，一个刺激因素出现了。那天天气很热，可孙伟强依旧穿得严实，他心底还是缺乏安全感，尽管事实上，没人会想抢劫他这样的人。他没什么力气了，从网吧到公园，不到一公里的距离，他却走得异常费劲。公园保安不让他躺在椅子上，说他这样有损城市形象。无奈之下，他只能找个不起眼的角落蜷缩起来。

他看着公园外的行人，心中暗自思忖：会不会哪天不经意间，就能与妈妈重逢。他躲在角落里，目光紧紧盯住了一个女人。

那个女人穿得很漂亮，看起来应该挺有钱的。不过肯定不是自己的妈妈，她不够高，也不够胖，瘦瘦小小的。

突然一辆摩托车疾驶而来，车上坐着两个人。后座那人猛地伸手，一把去拽那女人的手提包。女人猝不及防，尖叫一声，下意识地死死抓住手提包不放。摩托车上的人一下没能得手，恼羞成怒，当即下车，对着女人就拳打脚踢，几下就把女人的衣服扯烂了。

街上瞬间乱作一团，女人仍在拼命挣扎。孙伟强有些看不下去了，心想，这女人还不如干脆把包给他们算了。他忍不住又想，要是自己的钱被抢，自己会不会松手呢？

孙伟强眼见那人下手越发狠了，不远处，已经能看见保安们正朝着这边走来。孙伟强知道这些保安是不会真正上前帮忙的，最多也就走近些观望。

突然，孙伟强看到有个警察向这边跑来，一边跑一边大声喊着：不许动！警察！

孙伟强不敢继续看下去，他觉得警察也帮不了这个女人。因为，他看到骑摩托的人竟从怀里掏出了一把枪。

"砰砰砰！"

然后就是摩托车远去的声音。

一个月后，孙伟强剪了头发，买了新衣服，花光了父亲的抚恤金，来到鲲城火车站。

突然，一声巨响，鲲城火车站火光冲天，出事了。

案发后，案件震动了中央，中央领导批示要以最快速度破案。公安部派出了八名特邀刑侦专家，包括爆炸专家、法医专家、肖像专家、弹道专家、犯罪心理专家、痕迹学专家、审讯专家、社会学专家全部到场。"9·13专案组"迅速成立。

爆炸发生后的五分钟内，武警官兵抵达现场。由于爆炸发生在公共场所，不排除这是一起恐怖袭击事件。在爆炸专家的指导下，医护人员迅速展开伤员抢救工作，人群疏散工作也有序进行。鉴于爆炸造成的损害尚不明确，建筑物是否存在坍塌风险？会不会发生二次爆炸？为全面掌握情况，排除后续隐患，爆炸专家、痕迹学专家、专案组民警以及武警官兵进入车站进行搜查。

发生爆炸的地点是火车站一侧的候车厅。幸运的是，建筑整体并未遭受严重损害，列车以及其他主要设施也都未受损。然而，候车厅当时人群密集，爆炸导致了惨重的人员伤亡，许多伤者在送往医院的途中就不幸离世。

此刻，候车厅宛如人间炼狱。爆炸的冲击力让现场血肉横飞，断肢残臂散落各处。墙上、地面上，满是触目惊心的人体组织。空气中弥漫着烧焦的刺鼻气味。

这一年，鲲城火车站日均列车运行273趟，客流量达20万人次。爆炸发生时，候车厅约有6000人。这场爆炸案受伤人数达132名，7名旅客当场死亡，还有17名伤者因为伤势过重虽经全力抢救，仍不幸离世。爆炸的威力巨大，波及范围达900平方米。由于爆炸中心周围几层人群密集，大部分冲击能量都被这些人群吸收，才使得爆炸的影响未进一步扩大。

与那声震天响的爆炸相比，报纸上的报道也如重磅炸弹，瞬间点燃了舆论。

当时，众多国外媒体纷纷宣称这是恐怖袭击。然而，比外媒不实言论更可怕的，是民间肆意传播的谣言。为尽快侦破这起爆炸案，除警方外，还出动了300多名武警官兵协助调查。

报纸报道了事件经过，报道了死伤人数，表明火车站现已恢复正常，警方也在全力破案。但在谣言中，这件事却变得越发恐怖。

一类极具煽动性的政治阴谋论甚嚣尘上。有人说这是一起政治事件，更有甚者，还绘声绘色地描述道，此次爆炸的目标是某位领导的家属，其目的在于通过威胁领导，达成自己的政治企图。还有一些更为荒诞离谱的谣言也随之滋生，有人宣称这次爆炸是境外特务所为。

在众多谣言之中，传播范围更广、影响更为深远的，是有关社会治安失控的恐慌言论。一些人认为坏人已经彻底无法无天了。杀人犯、强奸犯、抢劫犯以及黑社会分子肆意妄为，警察对此却无能为力，要不怎会有人胆大包天到敢在火车站制造爆炸案？

在这谣言肆虐、民心惶惶的危急关头，尽快破案、还原真相，成为平息社会负面情绪的唯一途径。民众迫切需要一个真实、明晰的答案，唯有如此，方能驱散笼罩在心头的阴霾，重拾对社会的信任与安全感。

刑侦专家们全力以赴地投入案件调查。爆炸现场一片狼藉，摆在他们面前的是7具尸体，以及多达213块的人体残骸，其中一具受毁最严重的尸体，被炸成了114块，尤其双手被炸得难以复原。

爆炸专家首先确定了爆炸的中心位置，随后开始还原爆炸前的现场状况，包括人员的位置信息。他们仔细研究：这些人当时面朝什么方向？是站立着，还是坐着？是三五成群地聚在一起，还是独自一人？他们手边放着什么行李？是手提包、编织袋，还是旅行箱？这些人之间又是什么关系？专家们将现场遗留的身份信息与幸存者的口供进行比对，试图分辨出哪些人是一家人。凭借着丰富的专业知识和经验，专家们利用现场遗留的残骸，逐步还原出了这些关键信息。此时，距离爆炸发生已经过去了八个小时。

随着爆炸前场景的逐步还原，爆炸专家有了重要发现。在还原出的场景里，仅有三人当时处于独处状态。其中一人是在等待家属去泡方便面，而另外两名独处的人，一人身处爆炸中心，另一人距离此人大约十米。处于爆炸中心的，正是那具被炸成114块的无名尸体。并且，根据还原出的爆炸瞬间的姿势判断，这个人极有可能是双手抱着炸弹并将其引爆的。

爆炸专家立刻召集痕迹学专家、审讯专家、法医专家以及社会学专家展开商讨。试图从各自专业角度出发，验证这个人究竟是不是此次爆炸案的主犯。

几位专家相互配合，结果很快就出来了。

首先是法医专家，他凭借着精湛的专业技术，如同完成一场高难度拼图般，从现场杂乱的残躯中成功复原出7具尸体，甚至还尽可能地还原了死者的服装。

痕迹学专家随即与爆炸专家紧密协作，他们仔细比对尸体身上以及爆炸现场的炸药残留，经过严谨的分析与论证，确定了身处爆炸中心、被炸成114块的无名尸体的主人，正是此次爆炸案的嫌疑人。二人将现场残留炸药与常见炸药样本展开比对，最终发现，此次爆炸使用的炸药是在矿场常用炸药的基础上进行了一些改动，属于自制的土炸药。

法医对这具无名男尸展开深入分析，检查后发现，此人的脊柱出现了不可逆转的弯曲。更令人震惊的是，经进一步鉴定确认，这个实施爆炸的嫌疑人，只有十七岁。

年仅十七岁的爆炸案嫌疑人，这一发现令专家们大为震惊。他们首先怀疑，这起案件背后是否有人指使，会不会是有组织犯罪，指使这个未成年人在公共场所实施自杀式袭击。

对这个十七岁嫌疑人身份的调查，让专家们陷入了困境。他身上没有能够表明身份的信息，更棘手的是，前期大规模走访时，竟没人对他有印象。仅有的监控录像也未能提供有效线索，手提包、驼背，有这些特征的人太多了，而且录像画质模糊不清，根本无法作为有效线索或证据使用。

这个少年就像凭空冒出来的一样。他会不会是外省的流窜人员？本着任何一条线索都要穷尽力量去追查，许多民警都去寻找这个神秘的少年了。但是专家们对这样大海捞针式的寻找并不抱太大希望，他们决定从炸药的来源入手。很快，我们找到了一家矿场，经核实，矿场丢失的炸药与爆炸案中使用的土炸弹成分完全吻合，就连炸药丢失的时间也与案件发生时间对得上。随后，我们对矿场所有工人以及相关人员进行了细致的摸排，却并未发现任何可疑人物。从矿场的安保与管理情况来看，能成功偷取炸药的，显然只有对矿场有一定了解的人。

这个神秘的少年究竟是谁？他实施爆炸的动机又是什么？是单纯的报复社会吗？倘若真是如此，那究竟是什么原因，让一个未成年的孩子竟会采取如此残忍极端的方式来报复社会？此时，距离爆炸发生已经过去了整整三十个小时。

这时，法医那边有了新的进展，法医专家与肖像专家紧密协作，凭借专业技术，对这个神秘少年的容貌进行了复原，从头发的颜色到眼睛的大小，都做到了栩栩如生。

警方随即开展大范围走访，并向社会公开征集线索。很快，一位网吧网管联系警方，说自己可能见过此人。不过，他不太确定，因为他印象中的那个人，头发长如野人，与复原肖像中的短发形象不符，只是眼睛的模样有些相似。

警方根据网吧附近的监控，对比火车站的监控，反复地比对，经过八个小时的工作，将这个人的面貌复原了出来，随后拿着肖像和照片，对网吧附近一带的人进行走访，不少人都表示见过这个人，但他们印象中的并非一个少年，而是一个流浪汉，没有人和这个流浪汉说过话。

这就很奇怪，一个流浪汉为什么能知道矿场的情况，又怎么可能拿到炸药呢？

警方继续走访，当把肖像和照片递给一位小卖部老板时，终于迎来了转机。小卖部老板称，这人很可能是之前在矿场打工的少年。他回忆，少年的父亲曾在矿场工作，去世后，少年就消失不见了。

直到这时，我们才将爆炸案与孙伟强联系起来。随后，经过对诸多证据的查证核实，证实孙伟强就是爆炸案的主犯，也是唯一的犯罪嫌疑人，他既没有同伙，也没有人在背后指使。

他在网吧住了大半年时间，其间自学了一些爆炸知识。之后，他偷偷返回矿场，盗走了炸药，接着在公园一处隐蔽的角落自制了土制炸弹。在案发前一天，他剪了头发、换了衣服，而后在火车站引爆炸弹。

警方在公园公共厕所附近，找到了孙伟强用来剪发的剪刀。又在树底下挖出一个手提包，包里装着孙伟强父亲的身份证以及母亲的针线盒。

这起爆炸案最终被定性为报复社会案件。从案发至侦破，用了八十七个小时，八位刑侦专家在整个过程中发挥了关键作用，功不可没。

"案件虽然破了，但我们需要认真反思：什么样的情况，让一个少年能在不到一年的时间里成为一个危害公共安全的罪犯呢？"刑侦局局长张枫林看向与会各方。

"是我不够敏感。孙伟强来过派出所三次，我没有给到他足够的帮助。"派出所民警愧疚地说。

"这也不能怪你。咱们国家有救助政策，你要是跟我们说一声，我们就会把他接到流浪人员救助站，起码能解决他吃住的问题，也不至于发展到现在这个地步。"民政部救助司司长说。

"其实我们妇联也能发挥作用，要是派出所能和我们联动，针对这种缺失母爱的孩子，我们可以提供心理救助，帮助缓解他因失去父母而产生的消极厌世情绪。"

"我们关工委都是退下来的老同志，一直以来都十分重视青少年的身心健康成长。十七岁，本是最好的年纪，孙伟强却走到了这一步，实在太可惜了。"

……

1991 年 3 月，中央社会治安综合治理委员会（简称中央综治委）成立。它是协助党中央、国务院领导全国社会治安综合治理工作的常设机构，肩负着制定党和国家解决社会治安问题战略方针的重任，同时也是预防和治理青少年犯罪的有效途径。

在各级党委和政府的统一领导下，以公安、检察、法院、司法等政法机关为骨干力量，依靠人民群众和社会各方面力量，分工协作。综合运用法律、政治、经济、行政、教育、文化等多种手段，开展惩罚犯罪、改造罪犯、教育挽救失足者、预防犯罪等工作，以此维护社会治安，保障人民幸福生活，确保社会主义现代化建设顺利推进。

九、江湖事儿江湖了

2001年，第三次大规模严打落下帷幕，犯罪势头再度得到有效遏制。

2003年，为净化营商环境，保护公平竞争，保障人民群众生命财产安全，公安部针对阻碍经济发展、欺行霸市的黑恶势力，在全国范围开展打黑专项行动。行动喊出"打早、打小，露头就打，坚决杜绝黑恶势力坐大成势"的口号，表明对黑恶势力零容忍的坚定态度。

那年，我作为协查人员，参与侦破一起方州市黑恶势力案件。

所谓协查，是公安部刑侦局所倡导的"全国刑侦一盘棋"理念下的重要举措。在警力与办案经费有限的情况下，部局领导呼吁各省兄弟单位相互支持，携手打击犯罪。当下，犯罪团伙为逃避打击，已呈现出职业化、组织化、专业化的趋势，如果各省依旧各自为政、单兵作战，将很难掌握打击犯罪的主动权。

涉黑案件有一个显著特点，那便是"保护伞"。黑恶势力若想发展壮大、形成气候，往往会在当地精心编织自我保护网络，甚至渗透到国家政权之中。部分警察和政府官员因抵挡不住利益诱惑，收受贿赂，最终沦为黑恶势力的"保护伞"。这给打击犯罪带来重重阻碍。为了减少办案阻力，往往有关黑恶势力的侦查办案，需要从外省调派警力协助侦查。

我被邀请参与跨省协查办案。那时，在全国打黑民警里，我也算小有名气。我拜师已有二十年，虽然师傅战功赫赫，职位不断升迁，可我还是喜欢待在鲲城。我本是个农村孩子，从山里来到鲲城这样的大城市，在这里娶妻生子，女儿已经上初中了，可能是根深蒂固的农民意识，老婆孩子热炕头这种日子就是我想要的。所以这些年我很少主动要求出差办案，这也是我一直提不起来的原因之一，至今仍在鲲城打黑大队。

这次要配合查办的涉黑案件，据说堪称新中国成立以来内地规模最大的黑社会团伙案件。该团伙牵涉十几条命案，主犯在当地盘踞长达十余年。不仅如此，其涉黑资产已成功洗白，主犯本人甚至摇身一变，成为当地的政协委员。根据当地警方提供的线索，案发后，一个名为宋老大的关键嫌疑人极有可能逃窜至鲲城周边，所以需要我们协助侦查。

这起案件的主要侦办人是方州公安局副局长杨峰，他在当地赫赫有名。杨局能力出众，为人豪爽又仗义。去年，他指挥手下帮我们抓捕了一个逃亡到方州的A级通缉犯。A级通缉令可是全国范围内级别最高的通缉令，被通缉的都是罪大恶极、重点缉捕的在逃人员。当时那个A级通缉犯藏在方州山里的一座寺庙里，隐姓埋名、与世隔绝多年，硬是被杨局他们挖了出来，帮我们解决了一桩陈年积案。这次既然是杨局负责的案子，没啥说的，我必须全力以赴。

接到协查请求的当天，我就赶到市局指挥中心，与办案人员一同查看视频资料。画面呈现的是几天前，方州市水果市场有一百多人抬着一具尸体，拉着横幅，乌泱泱地挤在市公安局门前高喊为民除害。

横幅一边写着"严惩凶手为民申冤"，另一边写着"强烈要求政府铲除黑恶势力"。

看着这些打横幅的人，他们的穿着打扮、脸上的神情，都给我一种怪异之感。重新回放再看，我忽然忍不住想笑。这起案件实在让我意外，甚至让我有点哭笑不得。

我仔细翻看着手上的卷宗，反复进行比对之后，我将目光投向在场的民警，观察他们的反应。只见大家面面相觑，都和我一样，一样的蒙。

"这些人，是在咱们名单上吗？"

"是啊，正在查呢。"

"他们这是闹的哪出？"

"黑吃黑？"

"不知道啊，黑吃黑也不能找警察来评理吧？"

"这不是找死吗？"

大家七嘴八舌地议论着、笑着，看不懂，真是看不懂。

视频里的这些高喊为民除害的人，几乎都是纳入当地警方视线的涉黑团伙成员。

"送上门了，杨局，你看？"我看向杨局。

"我也是这么想的。他们不是要求警方为民除害吗？去，马上去调查杀人案，找他们取证，顺便把所有人彻查一遍。"杨局一脸严肃，然而那脸部细微的表情，却又隐隐透露出他极力掩饰的想笑之意。

"是！"指挥中心主任在杨局的命令下开始分派任务。

离开指挥中心，我想了想，给师傅打了个电话。

"师傅，你听我说，我这边有个案子，我有点摸不到头绪，想向你请教一下……"

"说。"师傅干脆利落地应声。

方州市中心有两处高档消费场所，一处是位于东区的洗浴中心，名为"大东海"；另一处是位于城中心的西餐厅，名"小西天"。能来这两处消费的人非富即贵，能到这两处消费已然成为一种身份的象征。

若仅仅将"小西天"看作一家西餐厅，可就着实小瞧它丰富的餐饮种类了。在这里，天上飞的、地上跑的、水里游的各种奇珍食材都有，鱼翅、鲍鱼、燕窝都是家常菜，就连番茄炒鸡蛋都要加入花胶、松茸来提升"档次"。以当下的眼光看，这种做法显得颇为土气，可在当时，只要踏入"小西天"，扑面而来的就是那种土豪气。当地流传着这样一句话："不冒风险吃蟠桃，小西天里享快活。"

店里的布局实在谈不上美感，店家对华丽装潢的理解，似乎仅局限于"金碧辉煌"这一个词。店内所有装饰都是金色的：金色瓷砖、金色柱子、金色天花板，以至于任何一位踏入饭店的客人，身上都会被映上一层金色。

店里还时常举办限时活动，什么"蟠桃盛会"主题活动，被邀请的客人能在这儿享用猴脑；又如"在水一方"主题活动，以珍稀海鱼和熊掌作为主菜，寓意是谁说鱼和熊掌不可兼得，在这儿鱼和熊掌一举拿下。

再来看方州另一家高档消费场所——"大东海"洗浴中心，同样是"金碧辉煌"的风格。如果硬要说点不一样的，那便是在装潢色彩上，这儿蓝色和绿色的元素稍多一些，估计老板自己也搞不清"金碧辉煌"中的"碧"，指的是蓝色还是绿色。

"大东海"相比"小西天"更养眼一点，不是因为这里的空间设计更有美感，而是这里的服务员清一色都是年轻漂亮的女人。坊间传言，说这里是什么快活林、天上人间。

"大东海"和"小西天"的老板，就是号称称霸方州的那位神秘人物：二爷。二爷就是通过"食""色"这两样把控人的欲望，把目标猎物拖进欲望的沼泽。

方州市地处中国最大的交通枢纽，无论是往来东南西北方向的火车还是航班，都需途经此地。独特的地理优势，使得方州市和鲲城一样，在改革开放后迎来了新的发展机遇。

隶属大方集团的大方物流公司常年在方州与鲲城之间做生意，鲲城的海鲜、水果，成为方州的主要货源。大方集团业务广泛，涵盖航运、铁路、长途集装箱运输等领域，大方集团每年年收入超过两亿元。在 2000 年，中国居民人均年收入是 7942 元，像方州这样的内陆城市，普通上班族每月平均工资是 660 元。

如果是正经做生意，无可厚非，或许"二爷"真就是一个商业奇才。但是事实并非如此，大方集团的成功秘籍靠的是欺行霸市、强买强卖，甚至垄断货运，它的原始资本积累充满了血腥。

大方集团在全国多个省市都有自己的产业，除了纺织业、服装业，它还有自己的物流公司，以此垄断了当地的水果、海鲜生意。在方州甚至是周边省市，只要想做水果海鲜之类生意的，需要从外地进货的，都要通过大方物流公司。其实如果"二爷"是一个正经商人，以他的敏锐的商业洞察力，也许能成功打造第一家物流上市公司。

从调查卷宗上看，这个在方州市闻名的"二爷"，对付对手有几样手段：威胁、暴打、用权钱色拉拢，甚至夺命。

大方集团于1990年成立，发展到2003年，已经是全国闻名的物流公司。"二爷"是个识时务者，他在做大做强后，意识到自己的黑历史必须封印。在大方集团极速发展中，他逐步将当年了解他打打杀杀的人清除掉，只留下一位绝对忠心的方晓理，任命他为大方集团总经理，全权打理黑色产业。方晓理在集团内部被尊称为"二爷"，只有他自己知道，此"二爷"非彼"二爷"，自己不过是集团的二把手，是替那位真正的二爷打工的。而那位真正的二爷，则经常去澳门赌赌钱，去新加坡打打高尔夫，钱对于他来说已经花不完了，他知道应该及时行乐，好好享受生活，要急流勇退，要远离江湖。

在走访调查时，"二爷"的真实姓名没人知道，有人说姓方，有人说姓宋。

一些线索指向，真正的"二爷"应该是宋武斌。他隐藏得很成功，十几年来，在大众眼中，他不可能是黑社会老大。很多人都知道方州黑社会的老大叫"二爷"，然而除了方晓理，没有人知道"二爷"的真实姓名。

2001年，宋武斌在方州开了一家"文武投资咨询公司"，他把自己的家人和大哥宋文斌一家安置在公司，这些人不用上班就可以每月领取丰厚的工资。宋武斌从小被哥哥、嫂子带大，对他们心存感恩，发誓要让大哥一家过上平安幸福的好日子。

2002年，大方集团的净利润高达上亿元，大方集团成为当地的纳税大户。文武投资咨询公司在方州也名声大振，凡是该公司投资的项目，几乎都是不以营利为目的，且与市政建设有关，替地方政府解决了许多实际问题。宋武斌为此被评为优秀青年企业家，当选方州市政协委员。

在方州，有一类人，不需要钱，准确地说是不需要花钱就可以出入一些高档消费场所，其中一位就是宋家老大宋文斌。宋家兄弟父母早亡，二人从小相依为命，大哥宋文斌性情敦厚，老二宋武斌聪明，胆大心细。兄弟俩的感情一直很好，只不过在外人看来，兄弟俩的长相与这名字好像是反了，宋老大应该叫武斌，老二文质彬彬的应该叫文斌。

宋老大虽然不知道弟弟的生意是怎么做的，但是看到弟弟轻而易举就能赚那么多钱，他很是羡慕，他也怀疑过弟弟是不是用过什么不正当的手段。他曾经多次要求弟弟让他管一些业务，学学做生意，都被弟弟好言相劝婉拒了。弟弟的理由是，生意场上是非多，宋家有一个人能赚钱就行了，大哥只要开开心心地享受生活就行，不必操心生意场的事。

宋老大的钱包里有一沓卡片，是弟弟宋武斌给他的。这些并非银行卡，而是在方州比银行卡还"神通广大"的卡片，叫作黑色至尊卡。只要持有此卡，在方州所有知名的吃喝玩乐场所消费，一分钱都不用花。

比如大东海的至尊卡，你只需在进门时，将卡出示给迎宾小姐看一眼，便能立刻享受 VIP 待遇。人前开路，人旁点烟，手一抖，身后的人就会接住你抖落的外套。在大东海换鞋时，桌上的香烟会被换成大中华，迷人的服务员还会为你端上一碗龟鳖汤。

至尊卡不同于别的卡，方晓理方二爷脑子灵光，把他们发出去的各种消费卡设置了不同等级：

像是一般的七星卡，不过是一种兼具储值和礼品功能，用于送人的卡。里面的钱花光了，卡就作废了。

有身份的人会有更高级的卡，钻石卡是不限消费金额的，凡是持有钻石卡的人，在大东海、小西天享有无限消费权，所有的消费都由大方集团买单。

在所有的卡中，黑色至尊卡级别最高。只有宋武斌的家人、政府要员以及黑社会的核心人物才能拿到这种卡，一般人根本不知道它的存在。

宋文斌就是持有这种卡的人。你说他是富二代，也并不合适，因为富一代是他弟弟，你说他甘心沾自己弟弟的光吧，他还不太乐意。

宋文斌此时看着坐在远处的一桌人，一个穿着西装的胖子叼着烟，哈哈大笑着往女服务员的胸口塞钱。宋文斌心里是瞧不起这个胖子的，虽然胖子的西装看起来像是定制的，很合身，但是穿在这胖子身上，依然很丑。

宋文斌心里不忿，想找点理由让自己显得和他不一样，想着自己的地位，地位一定是更高的，因为他有象征身份的至尊卡，但是那又能怎么样呢？

宋文斌如今不缺钱，甚至可以说根本不需要钱。车、房，还有吃喝玩乐，他想要什么便有什么。每天出入高端消费场所，享受美女跪式服务，这些都不需要花钱，他口袋里也没多少现金。所以，他永远做不出像那个被他鄙视的胖子那样的事——往美女胸口塞钱；也做不出之前在大东海门口见到的那种行为——打了人之后，拿一沓钱往人脸上甩，然后扬长而去。

桌子那边又传来令人恶心的笑声，胖子又在女服务员身上蹭着揩油。宋文斌干脆扭过头，眼不见心不烦。

坐在宋文斌对面的几个人还在唠唠叨叨。这些人都是宋文斌刚招收的马仔，他打心底里瞧不上这些小流氓。即便在弟弟名下的服装店给他们买了衣裳，可他们穿起来依旧透着一股子流氓气。

这些人也就只配当流氓，和自己完全不一样。这些小喽啰不过是自己的棋子，他打算让这些人替他搞些事情，他需要这些流氓。

宋文斌抬起手，示意让小喽啰安静点，然后他假模假式地喝了一口红酒，似乎是在欣赏音乐。宋文斌就是有这个毛病，不知道从哪里学的，总是一副附庸风雅、装腔作势的派头。

"你们现在眼里都还只有钱，却看不到那些钱买不到的东西，像地位、身份、品位。你们根本没发现，跟了我，那些你们拿钱都换不来的东西，现在已经摆在你们面前了。你们还需要什么？嗯？还在这里叽叽喳喳的，聒噪！好好想想你们应该做点什么？"

这番话把小弟们说蒙了。其实，要是换作宋文斌听到这样的话，他也不知道该如何回应。是啊，吃喝不愁，有钱有地位有身份了，该干什么了呢？跟着你上街当混混儿吗？恐怕也只有像宋文斌这样脑袋不清醒的人才会这么想，都已经有钱有地位，啥都不愁了，却还想着在街头混日子。

小弟们的沉默正是宋文斌希望看到的，在他的视角里，小弟们是被他震慑住了，这是他控制人心的手段。

"接下来是你们要向我展示价值的时候了，没有价值，现在的一切都会化为乌有。"

小弟们不仅蒙了，还慌了。虽说跟着宋老大本身也没得到过什么实质性的好处，没拿到多少钱，只是跟着他到处白吃白喝，不过这样也挺有面子。但要是老大现在连带着他们白吃白喝都不愿意了，那就只能说明他们几个没把这位爷哄开心。

宋武斌做梦也想不到，大哥宋文斌的目标是出道混黑社会，用自己的本事打下一片江山。宋文斌相信，他弟弟能做到的，他也一样能做到，而且作为哥哥，肯定能做得更好。至于向弟弟求助，这种事他认为完全没有必要，弟弟不是什么事都瞒着自己吗，他也决定瞒着弟弟。实际上宋文斌心里有数，他知道弟弟已经和自己不是一个世界的人了，而且经过多次试探，弟弟并不准备带上自己。

宋武斌并不知道，他自以为是对哥哥很好，让哥哥肆意享受生活，却忽略了人性经不起考验这一事实。在金钱与美色面前，曾经那个敦厚老实的大哥，已然开始蜕变。宋武斌更是始料未及，自己将被大哥拖入无底深渊。一个顶级猪队友的故事即将拉开序幕。

刚才那位被调戏的美女服务员过来给宋文斌倒酒，宋文斌的心跳陡然加速。不得不说，小西天的女服务员手段着实厉害，像宋文斌这种没见过什么大世面的人，一个小姑娘便能轻松将他拿下。早在一年前，宋文斌就被她迷得晕头转向。起初，他只是喜欢看她那婀娜扭动的腰肢，后来就总想伸手摸一把，再后来实在经不住诱惑，隔三岔五就特意来找她，如今更是离不开她，无法自拔。实际上，宋文斌打算出道混黑社会，很大一部分原因就是为这个女人。

这个女人叫苹果，这是她的艺名。在这种地方工作的女孩子都不会用真名，因为她们清楚，出入此地的人大多不是好人。这里的女服务员都给自己取了假名字，像苹果、桃子、杏儿之类的，大多是水果名，大概和水果市场脱不了干系。苹果在这儿工作纯粹是为了赚钱，她不想吃苦受累，觉得在这儿工作既能穿得漂漂亮亮，赚钱也容易。女孩子的青春就那么短短几年，她想趁着年轻多攒些钱，然后换份工作，找个人嫁了，过上正常人的生活。苹果是南方人，皮肤细腻，长相娇小可爱，说话轻声轻语甜甜的，很能撩拨宋文斌的心弦。在苹果看来，宋文斌不过是她工作中最微不足道的一部分，也是最好拿捏的一类人，甚至都不用费心思去勾引。而他手上有至尊黑卡，那就哄着他多消费便是。

"陪着刚才那种人，很烦吧？辛苦了。"宋文斌心疼地说。

"是啊，烦死了，还是像您这样有素质的客户好，干干净净的。"

一句话，又拿捏住了宋文斌。

宋文斌没说话，咧嘴笑了一下，捏了一下苹果的大腿，摆摆手，苹果会心地点点头，转身走了。

今天有重要的事情，不能跟苹果调情。这是宋文斌和苹果昨天商量好的。

宋文斌接着向小弟们讲述自己的计划，第一步的目标是进军水果市场。他对小弟们说，能不能拿下水果市场，只是对他们的考验，如果干不好就直接滚蛋，有多远滚多远。

其实又何尝不是对自己的考验呢？宋文斌心想，成败在此一举。

宋文斌看准了水果市场的香蕉生意，决心垄断香蕉生意。他的方法简单又粗暴，就是去砸每个卖香蕉的摊位。他觉得，只要其他人都不卖香蕉了，自己就能顺利抢下香蕉生意。他和小弟们算了一笔账，只要拿下水果市场的香蕉生意，一年下来至少能有五十多万的净利润。

"你们准备怎么去砸人家的摊位？"

"这还不简单，我们几个上去，一个一个地把他们的摊位掀翻，然后就跑。"

"你们跑什么跑，跑了他们知道我们要干什么吗？"

"那不跑，等到他们报警，警察来了怎么办？"

"警察才不会管这点破事，几个香蕉还能惊动警察？"

"不用跑，咱们拿着砍刀去，吓唬吓唬那些摊主，他们肯定经不住吓唬。"

"怎么跟他们说让他们别干了呢？"

"就说水果市场的香蕉生意我们接管了，让他们换别的水果卖。"

"那要有人不听呢？"

"不听就砸啊，听话的就吓唬吓唬，可以不砸。"

"咱们去，得横点，就像电影里演的那些黑社会。"

"得了吧，你还想学黑社会，咱也没有那狠劲儿呀。"

"必须得有狠劲儿，要不然吓唬不了人。"

"得狠一点。"

"狠一点。"

"我教你……"

宋文斌很享受这种感觉。对于这几个混混而言，去砸个摊位，轻而易举。这几个小弟也很精明，他们明白，只要哄好老大，自己随便去干就行了。

宋文斌滔滔不绝地讲了一通理论，说要先礼后兵：先礼貌地跟人家说，要是对方不同意，就亮明身份，接着砸掉几个人的摊子，吓唬住其他人，往后的事情就好办了。他还强调，说话的时候，姿势、穿着都很重要，表情、肢体语言同样如此，得营造出一种压迫感，让对方产生心理压力，这样才能一举成功。

小弟们纷纷点头称是，宋文斌便让这些小弟回去，把他的话传达给各自手下的小弟，而他自己则准备在明天，远远地观察事情的进展。

宋文斌企图通过恐吓小贩来达到垄断水果生意的目的。然而，他并不知道，他的弟弟宋武斌早就这么做了，水果市场本就处于他弟弟的势力范围之内。

宋文斌心里盘算着，弟弟有大方物流集团的资源，只要自己把香蕉生意抢到手，借助物流来进货，再找个人负责看摊卖货，接下来妥妥地就等着数钱了。

要不说他们是哥儿俩呢，宋文斌没想到，早在十年前，他弟弟就用这一招垄断了整个水果市场。而后，凭借水果市场的根基，发展出了大方集团。接着，又陆续掌控了汽配市场、服装市场、海鲜市场这些高度依赖物流的产业。在这些产业中，水果市场的现金流水最高，因此，宋武斌的二把手——方晓理方二爷，最主要的活动地点就是这里。

这天，按照计划，宋文斌带着小弟来到了水果市场。宋文斌在一家西瓜摊儿坐下，边吃瓜边吩咐小弟按照计划行事。小弟们走到香蕉摊前，挑了一个看起来最好欺负的老太太下手。他们并没有按照宋文斌的交代，先礼后兵，直接就砸了老太太的摊位，嘴里还叫嚷着："以后都别卖香蕉了，想卖香蕉，就只能找我们老大！"

他们哪里知道，这市场里到处都有方二爷派来看场的手下。宋文斌的小弟们还没来得及去砸下一个摊位，就被团团围住了。瓜摊边的宋文斌心中暗叫不好，赶忙盘算着下一步该怎么办。

被掀翻的摊位周围围了不少人，其中还有穿着制服的。宋文斌手下那五六个小弟没料到刚行动就出师不利，顿时有些胆怯。宋文斌远远瞧见自己的几个小弟被带进了市场里面的房间。小弟们被带进去时，还朝他看过来，顺着他们的目光，宋文斌发现有个人正指着自己。刹那间，宋文斌感到害怕，有些失神，赶忙掏出手机，想给弟弟打电话。

"您好，您所拨打的电话正在通话中……"

宋文斌察觉到周围有人渐渐围拢过来，心中暗想，一定是手下小弟把自己给供出去了。此刻的他，不敢动，也不敢吃西瓜了，甚至觉得卖西瓜的人都有可能随时抽出刀给他一刀。

跑是跑不了了，只能等了。

过了一会儿，宋文斌见到小弟们走出房间，眉开眼笑地朝自己走过来，宋文斌摸不着头脑，还没等他发问，小弟们就兴奋地说：

"老大，你真厉害啊，我们一报你的名字，他们就尿了，说以后的香蕉生意都归我们了。"

宋文斌傻了。

将时间往前回溯些许，就在宋文斌的小弟刚刚砸翻摊位之际，二爷的小弟便迅速围了上来，大声喝问："你们是干什么的？跟谁混的？"其实，二爷的小弟们心里也打鼓，毕竟水果市场被垄断已有多年，按常理来说，没人敢来这里闹事。出于谨慎考量，他们决定先问清楚这几个人的来路。

宋文斌的小弟们一害怕，当时就把宋文斌给卖了，说我们老大叫宋文斌。

对方也不知道宋文斌是谁，就把宋文斌的名号告诉了方二爷。方二爷一听是宋文斌，蒙了，他是宋武斌的二把手，当然知道宋文斌是他大哥的大哥啊。方二爷心说怎么回事，当下就怀疑有人假冒，火冒三丈地从办公室下来看情况。

"宋文斌？哪个是宋文斌？长什么样？"

宋文斌的小弟们被吓得不轻，慌乱间赶忙朝远处望去。方晓理顺着他们的目光瞧过去，顿时吓了一跳，竟然真是宋文斌！他简直不敢相信自己的眼睛，下意识地用手指了指。

"那个就是你们老大？"

宋文斌的小弟们点点头。这下方晓理也做不了主了，当下一挥手，说道："带上去！"

方二爷的小弟们随即将这几个人带到了楼上。方晓理立刻给宋武斌打电话，小心翼翼地询问到底是什么情况。宋武斌听完也傻了，只是在电话里，他不太方便数落自己大哥的不是，便对方晓理说道："毕竟是我大哥，就让他跟着沾点光吧。香蕉生意一年也就几十万的利润，给他玩玩得了。"

方晓理一听，当时就明白了，自己大哥都发话了，那肯定不能真的去收拾大哥的大哥。于是，他吩咐小弟带着这些人下去，并交代以后香蕉生意上的事儿，都交给宋文斌。

宋文斌听完小弟的吹捧一下子就飘了，没过多久，他接到了弟弟打来的电话。此时的他，早已没了之前想向弟弟求救时的狼狈模样，对着电话说了句没啥事，便挂断了电话。

膨胀了，一下就膨胀了，宋文斌觉得自己俨然成了进军水果市场的一股新势力，而且老势力不堪一击一下子就认怂了！

没过几天，宋文斌的事迹在小弟们添油加醋的宣扬下，迅速传开了。什么"一举攻下水果市场"，什么"名号一喊，整个市场都得乖乖听话"。

一时间，宋老大可谓风光无限。他凭借在香蕉市场赚的钱，大肆招兵买马。许多小混混慕名，跟着宋老大混。宋文斌借机迅速开疆拓土，没过多久，便在方州混出了名头，一个胆大妄为的混世魔王诞生了。

宋文斌与宋武斌的行事风格截然不同。宋武斌处处小心，尽量收敛，宋文斌则恰恰相反，唯恐自己的名号不够响亮，到处张扬。手下小弟们更是对他阿谀奉承，鞍前马后地吹捧宋大哥英明神武，一伙人公然欺行霸市。

一时间，方二爷气得够呛。他心里揣测宋武斌的想法，怀疑宋武斌是不是想让自己的大哥宋文斌逐步收拢生意，把自己踢出去。可他确实拿宋文斌没办法，打不得也骂不得。无奈之下，方二爷干脆眼不见心不烦，不再在水果市场待着了。这一系列事情，让方二爷的威信一落千丈。只能拿手下小弟出气，但小弟要是跟着骂宋文斌，二爷反而会骂小弟："他是你们能骂的吗？成事不足败事有余！"

不久，方二爷就把水果市场交给了大山和小丑，这两人号称水果市场的"西瓜双王"。从货物托运时期起，他们就一直跟着二爷。叫他们"西瓜双王"，并不是因为他们垄断了西瓜生意。实际上，在水果市场，垄断某一个单一水果品种的情况并不常见。方晓理他们垄断的是商户的物流，也就是说，商户若想把水果运进市场，就必须使用大方物流。而大方物流的单价是每斤六毛钱，是市场均价的三倍还多。夏季时西瓜需求量大，对商户而言，直接从"西瓜双王"大山和小丑这里进货，比自己找大方物流进货更划算。久而久之，就给人一种大山和小丑垄断了西瓜生意的感觉。

然而，宋文斌并不了解这些西瓜背后的秘密。在他眼中，"西瓜双王"就是盘踞在水果市场的两股势力，彼此之间想必存在竞争，而自己则是打破这一平衡的第三股势力，恰似三国鼎立的局面。一种运筹帷幄的感觉涌上宋文斌的心头，他认为，只要能干掉"西瓜双王"，就能一统水果市场。

宋文斌绞尽脑汁，想出了一个自认为天衣无缝的绝妙计划：先干掉"西瓜双王"中的一人，并将此事栽赃给另一人。被干掉那人的家属一定会报警，到时警察首先怀疑的肯定是与之有利益冲突的人。而自己再适时拿出事先准备好的证据，如此一来，便能一石二鸟，一举拿下水果市场。

终于，在一天晚上，当小丑独自在水果市场时，被人连砍二十一刀，当场死亡。

宋文斌精心策划，他先是找了个身高、体重与大山相仿的人，偷取带有大山指纹的西瓜刀，随后在那天夜里，指使此人杀害了小丑。

小丑的尸体很快就被发现了，而第一个发现尸体的，正是大山手下的人。这一切都在宋文斌的计谋之中，他特意安排人去通知大山的手下，引导他们发现了小丑的尸体。

"天衣无缝！"宋文斌觉得事情稳操胜券了。

然而，令宋文斌始料未及的是，小丑的家属没有报警。

原来大山的手下看到尸体，确认小丑死了后，立刻就告诉了大山，大山听说兄弟被人杀了，第一反应是有别的黑势力。

大山立刻吩咐手下告诉小丑嫂子，先别报警，这事儿不简单，江湖事儿要江湖了，要是警察没抓到人，或者抓错了人，可就没法替兄弟报仇了。他让小丑家属一定要先沉住气，自己会动用江湖上的关系帮忙找线索。与此同时，他打电话给二爷方晓理，汇报整件事。

方晓理一听，也觉得此事绝不简单。他们立刻就调查了现场，很快就发现了宋文斌留下的那把"异常明显"的凶器。大山一眼便认出，这正是自己的刀。

"完了，这是冲着我来的。"大山惊恐地说。

方二爷立刻发动了自己所有的力量去调查这件事，还放出话来：都别乱来，有事好商量。

然而调查一番后，却毫无头绪。一来小丑在生意场上没什么仇家，近期也未曾与他人发生过争执。二来宋武斌作为老大盘踞方州将近十年，其间并未出现其他帮派，究竟是谁如此大胆，敢这样明目张胆地杀人呢？

有小弟怀疑，最近水果市场的新势力——宋文斌有嫌疑。方二爷当即断言，那更不可能。他心想，先不说宋文斌那副蠢样有没有这个本事，最重要的是，宋文斌是我大哥的大哥啊。就算他有点贪心，也绝对不至于杀害自家兄弟，这种事是万万不可能发生的。

对于混迹江湖多年无敌手的方二爷来说，当前的状况是：突然凭空冒出一伙人，行事风格极为凌厉，而且目标直指"西瓜双王"。这件事要是不弄清楚，水果市场恐怕不保，保不准下一个被杀的会是谁。众人思来想去，有人便建议寻求法律保护。

于是，第二天早上，大山集结了一百多号小弟，抬着小丑的尸体，吹着唢呐，带着哭哭啼啼的家属，拉着"为民申冤"的横幅，出现在了方州市公安局的门口。

"严惩凶手为民申冤！"

"强烈要求政府铲除水果市场的黑恶势力！"

视角回到正在和师傅打电话的小李。

"所以你是说，公安局门口上访的，说要铲除黑恶势力的，就是本地最大的黑社会？"

"是啊师傅，你说他们是要做什么啊？"

"那还铲除什么？他们排排队站好，互相枪毙不就完了吗？"

"师傅，你就别开玩笑了，我这也发愁呢。"

"你愁什么？"

"凶杀案没有头绪啊，作案动机对不上啊。"

"不是两个西瓜大王吗？另一个你查了吗？"

"查了，他们都是这个黑恶组织的小头目，没有利益冲突，而且两个人关系很好，从小就认识。"

电话另一头也沉默了一会儿。

"小李，我觉得你该优先考虑其他事情。破案拿人这一块儿，有杨局和方州支队的兄弟们，再加上你，肯定没问题。不过在抓人之前，有些事情得好好思量。内地的黑社会组织和香港、澳门的黑社会有所不同。内地黑恶势力在形成之初，往往靠暴力起家，积累起经济基础后，便黑白两道通吃，用白道身份掩盖黑道行径，进一步发展还会向司法和政权领域渗透。最开始，比如说要是他们渗透进白道，那个地方可能就会警匪不分；再往后发展，就成了官匪不分。当警察和政府一时间都拿某个黑恶势力没办法时，老百姓就会向黑恶势力靠拢，进而出现民匪不分的局面。方州的这个黑恶势力，说不定已经发展到民匪不分的程度了。"

"怎么说？"

"你说的这些拉横幅上访的人，已经纳入杨局他们的调查名单了，但还没有找到犯罪线索是不是？"

"是。杨局他们觉得水果市场有事，包括汽配城，还有大东海、小西天，但是初步查过两次，都没有发现问题。走访商户，也没有人举报，还都反映市场秩序很好，没有欺行霸市的行为。"

"这就是问题所在啊。老百姓都不敢反映问题，可能是他们不信任警察，反而宁可相信黑恶势力。这里面有没有交保护费的情况？"

"没有人反映。"

"正常的经营，不可能没有磕磕碰碰的。一家人过日子夫妻两个还会拌个嘴吵个架，那么热闹的水果市场，怎么会没有纠纷？这里肯定有人收保护费，商户把黑恶势力默认为自己的保护伞了，所以那个维护水果市场秩序的，一定不是市场管理员，老百姓不怕市场管理员。

"凭我的直觉，目前的情况虽然滑稽，可感觉是黑社会内部出了状况。你看像不像是一个正靠暴力崛起的黑恶势力，和一个相对成熟的黑恶势力之间的争斗呢？但是不管怎么说，这种事一般都在他们内部解决，这次居然闹到公安局来，确实很少见。小李，我认为就目前的状况，你应该协助杨局，重点思考抓人之后的事。咱们国家开展过几次严打行动，公检法司的队伍也越发完善了。所以，如何构建完整、可信的证据链，确保诉讼成功，才是你最重要的任务，你明白吗？"

"明白，师傅。"

"那就等你们的好消息，回头把这帮傻缺研究明白了和我讲讲。"

我和师傅在电话两端哈哈大笑。

"杨局，来咱们大门口上访的，一共 131 人。都查完了，这些人都没有作案动机，也没有作案时间。"

"那个大山，是什么情况？"

"现场遗留的那把刀是大山的，刀上的指纹也是大山的。现场也有大山的足迹，但是比较乱，从足迹的动线看，是直接奔尸体去的，大山的足迹与被害人小丑的足迹之间没有交叉和对抗，凶手应该另有其人。"

"现场提取到什么？"

"案发后，因为不是第一时间报案，现场没有保护好。我们去的时候，案发现场比较乱，有许多脚印，杂乱无章。其中一部分脚印就是来上访的这些人留下的。"

"这些脚印里没有谁的？"

"没有宋文斌和宋武斌的。"

"有没有方晓理的脚印？"

"有。"

杨局转过头，我的目光与他相遇。我冲他点点头，他也冲我点点头。

"先查宋文斌和方晓理。"杨局下达了命令。

"宋文斌不是宋武斌的哥哥吗？他弟弟那么有钱，宋文斌又不缺钱花，他杀西瓜大王干什么？"

"目前看，宋文斌的嫌疑最大。近期只有他在水果市场很活跃。根据目前掌握的情况，'西瓜双王'之间没有矛盾，不存在竞争关系。但是如果'西瓜双王'出事了，只有宋文斌可以乘虚而入。他有作案动机。至于宋武斌，先不考虑他，把宋文斌查清楚了再说。方晓理去过案发现场，但是没有出现在上访人群中。这次抬尸喊冤是不是他策划的？他和宋文斌之间到底是怎么回事？要查清楚。"

看来杨局的判断与师傅一样。是不是宋文斌与方晓理之间有什么矛盾？通过走访了解到，此前水果市场的老大一直是方晓理，他甚至还在水果市场开设了一个棋牌室，没事就在那儿打麻将消遣。自从宋文斌抢走了香蕉生意后，不知什么原因，方晓理便退出了水果市场。不过，方晓理身为大方物流公司的老板，可能也不在乎水果市场的生意。另外，宋文斌的小弟与方晓理的小弟走得挺近，而且宋文斌使用大方物流的价格比其他商户都要便宜，这么看来，他们之间似乎也没什么矛盾。

那么，究竟是谁杀了小丑？为什么要杀小丑？水果市场有几股黑恶势力？他们之间有什么关系？团伙头目是谁？宋武斌与黑恶势力之间是否有关系？他的投资公司的钱是从哪里来的？这些疑问，恐怕只有把小丑这个命案破了，才能顺藤摸瓜找到答案。

揭露真相，是刑侦工作最有魅力的一部分，越是难啃的骨头，越能激发刑警的斗志。杨局在指挥侦破这起蹊跷的涉黑案件中，也在反复把自己代入黑社会团伙角色，我和他在讨论中，反复推演凶手的犯罪画像，怎么看都更倾向于雇凶杀人。谁雇的凶手？杀了小丑谁获利最大？

鲲城算是全国最早接触黑社会的城市之一，那时候黑社会主要来自香港、澳门。在资本主义殖民者统治时期，这两地的黑社会活动活跃，当时的政府只要能收上税收，对于黄赌毒等违法活动往往睁一只眼闭一只眼。但社会主义国家是人民当家作主，妓院、赌场、毒品这些严重危害社会长治久安的事物，是国家绝对不允许存在的，无论税收有多高，都不会容忍这些行业。师傅说，黑恶势力的存在增加了经济活动中的摩擦成本，扫除黑恶势力，减少这种摩擦成本，不仅能够打击黑恶势力的犯罪行为，还可以促进实体经济的发展，推动社会治安持续稳定和经济健康发展。

方州市的打黑行动，是内陆首次开展的打黑除恶专项斗争。打黑除恶是中国政府开展的一项重要行动，其本质在于打击黑恶势力，目的是维护社会稳定和保障人民安全。进入二十世纪，黑恶势力严重威胁社会稳定与人民安全，已然成为中国社会发展的一大障碍。打击黑恶势力以及整顿社会秩序，能够保护人民的生命财产安全，降低犯罪活动对社会的危害程度，同时有助于营造风清气正的社会风气，提升人民的幸福感与获得感。从夯实党的执政根基、巩固执政基础、加强基层政权建设的层面来看，打击黑恶势力，对维护国家长治久安意义重大。

我和杨局都深知打击黑恶势力的难点所在，所以不敢轻易采取行动。打黑案件与一般刑事案件不同，它的复杂性和隐蔽性更强。比如黑社会的老大想要杀张三，他不会亲自动手，他可能吩咐李四去办，李四接着会去找王五，王五再花钱雇一个毫无关联的人去实施犯罪行为。在这整个过程中，每一个环节都是单线联系。虽说环节众多，但通常只有黑社会老大具备作案动机，如此一来，要形成完整的证据链难度很大。一旦起诉时证据不足，前期的侦查工作将前功尽弃。

针对本案，杨局还有自己的考虑。

"小丑被杀案，这个好破。根据现有的证据，极有可能就是宋文斌雇凶杀人。凶手可能是第一次杀人，捅了那么多刀才致命，这不是一个职业杀手或者是有命案前科的人干的活儿。现场留下的一些证据，过于刻意。所以大山的嫌疑可以排除。现在，我不发愁这单个的命案。我最担心的是是否会惊动我们要查的这个黑社会团伙。"

"对，咱们的目标可不是说破获这桩杀人案。咱要想办法拔出萝卜带出泥！把这个盘踞方州多年的黑社会头目揪出来。"

此时的宋文斌早已经吓坏了。自从大山组织人抬着小丑的尸体去公安局门口喊冤，他就想，完了完了，大山敢这样做，警察肯定不会怀疑是他杀的小丑，谁杀了人还敢在警察面前晃悠，还不趁早跑了？想到这儿，宋文斌突然意识到，不能等警察上门找到自己，得赶紧跑，离开这个是非之地。

宋文斌给苹果打了个电话，让她收拾一下自己马上去接她。苹果一听宋老大要带她去南方耍，心想，这货终于开窍了，有钱不会花那是傻瓜。她知道最近宋文斌在水果市场挣了不少钱，也知道宋文斌心里想啥，心里盘算着，这次去南方，要好好摸摸他的底，看看他究竟有多少钱，能给自己多少钱。

宋文斌跑了。侦查员找到宋文斌家里时，还是慢了一步。

宋文斌畏罪潜逃，进一步印证了我们的判断。这下，必须揭盖子了。

宋文斌逃窜后，杨局当即下令，务必迅速将杀害小丑的凶手捉拿归案。正如杨局所推测，凶手正是宋文斌身边的一个小喽啰，经不住宋文斌的重金诱惑，接下了杀人的任务。随后，市局宣传处召集众多媒体记者，召开了一场大型新闻发布会，对外公布专案组已成功抓获杀害水果市场商户、扰乱水果市场秩序的凶手，并向老百姓郑重承诺，一定会彻查到底，坚决维护老百姓的生命财产安全。

果然，大鱼露头了。

宋武斌在电话里对方晓理大发雷霆："怎么想的？你们是怎么想的？咱们是干什么的？你们怎么敢跑到公安局门口去闹

事？你们他妈的是怎么想的?！"

宋武斌肺都要气炸了。就在警方公布凶手消息的同时，方晓理也刚刚查明，这个凶手是宋文斌的手下。方晓理瞬间后背发凉，赶忙准备联系宋文斌，却发现宋文斌失联了，手机打不通，他的手下也都不知道老大去哪儿了。他竟然跑路了！

方晓理看着电视新闻里警方展现出对罪犯决不姑息的坚定决心，心中涌起一阵恐惧。"什么决不姑息，一网打尽，这打的全是自己人啊！"他顾不上细想，赶忙拨打宋武斌的电话，希望老大能出面平息事态。

宋武斌气得浑身直抖，自己多年来精心布局、苦心经营的这盘棋，眼看就要被这个不着调的哥哥给毁了。他不停地拨打哥哥的电话，可电话那头始终重复着冰冷的机械提示音："您拨打的电话已关机，请稍后再拨。"宋武斌在心里暗骂："这个不靠谱的傻缺，你跑了好歹也跟我说一声啊！"

一边是自己的哥哥，一边是自己多年经营的商业王国，正在新加坡打高尔夫球的宋武斌坐不住了，他决定亲自回去全力阻止事态进一步恶化。

刚下飞机，一踏上方州的土地，宋武斌心里便生起一股不祥的预感。自己是不是太冲动了？是不是应该留在新加坡观察观察警察的动向？但很快又转念一想，就算哥哥真的摊上事，他是他，我是我，就凭我这些年为方州市发展作出的贡献，况且警察又没抓着我什么把柄，应该没事。要是我不回来，反而容易遭人怀疑，说不定还会把哥哥的事和我关联起来。

不得不说宋武斌还是有两下子的。宋武斌回来后，先是发动了水果市场的所有商户和方晓理的小弟们，总计三百多人给公安局送锦旗，称赞警察破案神速。与此同时，他让方晓理严令手下都龟缩起来，别说是打架斗殴，连脏话都不许说。组织卖淫、毒品运输、地下赌场这类非法经营活动的场所，一律关停。不仅如此，他还舍弃一部分无关紧要的小弟，任由警方将他们捉拿归案，以此为警方增加所谓的"业绩"，进而营造出一种社会稳定和谐的假象。

随后，宋武斌发动了自己所有的关系，试图通过威胁和利诱买通此案的负责人赵队长。他先是找人用五百万现金利诱赵队长，被赵队长当场拒绝。后又找人威胁赵队长，如果不配合，就找机会干掉赵队长。

这下给赵队长都气笑了，当时就把威胁他的那孙子扔了出去。

"你还敢威胁我？你杀我一个试试？敢杀我一个负责人，你看后面会不会有千千万万个负责人站起来？"

赵队长问杨局，这个人行贿受贿，要不要把他给抓了？

"抓他干吗？把他抓了，就一个行贿受贿，五百万也没摆到我的面前，你有证据证明是宋武斌指使的吗？你能根据这个把后面的保护伞都抓起来吗？你这是气糊涂了吧？"

"叫上队里所有的兄弟，穿上警服去走访，拿不拿得到线索都无所谓，就出门吓唬吓唬他们。"杨局笑着对赵队长说。

从那天起，方晓理名下掌控的产业周边，每天都有身着警服的警察在走访调查。我们刑警办案通常是不穿警服的，办案风格也不会如此大张旗鼓。可现在就连在水果市场蹲守，也是两人一组，穿着警服高调出现。

"最近怎么样？有黑恶势力来捣乱吗？"警察 A。

"没有？没有就好，有什么情况及时报警啊，咱好人别惯着坏人。"警察 B。

宋武斌眼看方州警方的态度没有缓和的意思，心想这次麻烦了，三十六计走为上，先离开这里。

几十辆货运汽车照常在各大市场运送货物，宋武斌盯着方晓理带着骨干人员顺利混入货车中，才把手上的烟使劲掐灭，匆匆消失在夜色中。

方州市公安局指挥中心，杨局紧盯着十几块屏幕上往来穿梭的车辆，不停地踱步。

"报告杨局，宋武斌没找到。他的手机在一列火车的行李架上被发现，铁路刑警查了旅客信息，没有发现宋武斌的上车记录。"指挥中心主任放下电话。

"丁零零"，指挥中心的电话再次响起。

杨局上前一把抓起电话："说吧。"

"报告杨局，刚刚查实，大方集团的幕后大老板，那个二爷，就是宋武斌，不是方晓理。"

"方晓理找到了吗？"

"没有，经常和方晓理在一起的几个人都不见了。所有航班、铁路信息都查了，出城的卡口监控也都看了，还没有发现这几个人，我们还在继续查。"

"失误！绝对是失误！就应该先把他们都控制起来。总是担心证据不足，证据不足，怕抓了还得放，这下好了，主犯都跑了，抓那些小喽啰交代屁大点事有什么用！"杨局怒目圆睁，环顾坐在指挥中心的专案组成员。然后看向我：

"老李，看来得提前请你的兄弟们帮忙了。"

我点点头，拿起电话。

"小周，是我，对，要提前布控了。鲲城的海鲜市场、水果批发市场全部上人，几个嫌疑人的信息我马上发给你，盯住这两天从方州开往鲲城的货车，严查货车里有没有藏人。"

与此同时，杨峰副局长亲自带队赶往鲲城，一场抓捕行动即将展开。

就在宋武斌逃窜之时，黑恶势力展开了疯狂反击。方州打黑专案组的多名警察遭到恶意举报，赵队长更是因被指控受贿而被停职审查。一时间，方州市沉寂许久的黑恶势力开始蠢蠢欲动。

方晓理消失后，其团伙陷入群龙无首的状态，许多不法经营活动又开始悄然恢复。大东海和小西天很快便重现往日的喧嚣。人性往往就是如此，在金钱、毒品、美色以及赌博这些容易让人上瘾的事物面前，弱点暴露无遗。

几天后，方州市刑侦支队传来喜讯。警方通过悬赏，成功寻得两个曾在十几年前追随宋武斌一同打拼的旧部。经深入挖掘，牵出了宋武斌十几年前涉嫌参与的几起命案。这两个人，当年因嗜赌成性被宋武斌开除。当时，宋武斌给每人发了五十万遣散费，这笔钱若用于生活，养老肯定是够的。然而，两人赌瘾难戒，短短几年，就败光了遣散费。此后的岁月里，他们眼见着宋武斌的钱越挣越多，还当上了政协委员，风光无限。两人心中愤懑，暗骂宋武斌不是东西，觉得哪怕宋武斌多给他们一些关照，也不至于让他们落得如今这般田地——身无分文，连老婆孩子都对他们不理不睬。所以，当看到警方发布的悬赏通告后，两人主动找上门来配合调查。他们认为，像宋武斌这样对待创业兄弟刻薄寡恩的人，活该被警察抓。

正所谓踏破铁鞋无觅处，得来全不费工夫。

宋氏兄弟导演的这一连串黑吃黑的戏码，给我们全体参战民警增添了一些欢乐。要是把这个案件拍成电影，说不定真能票房大卖。简直是黑吃黑天花板。

很快，在公安部刑侦局的统一调度下，一场以鲲城为中心、三省联合行动的大规模抓捕悄然拉开帷幕。依据多方汇总的线索显示，宋武斌逃至湖北某小区其情妇家中，宋文斌与苹果则藏匿于鲲城郊区的一幢别墅里，而方晓理和几名骨干分子躲在鲲城海鲜市场附近的出租屋内。

这次集中抓捕行动，由我和杨局坐镇，小周现场指挥。

本次行动，共抓获以宋武斌为首的犯罪组织集团成员 175 名。查实以宋武斌为首的涉黑团伙，涉及 15 起命案、多起抢劫案，长期组织卖淫，利用货运贩毒等 87 起案件。

然而，抓捕工作结束后，真正的困难才刚刚开始。依据我国法律规定，犯罪嫌疑人被刑事拘留后，公安机关需在三天之内向检察院申请批准逮捕，而检察院则要在七天之内作出是否逮捕的决定。对于团伙作案的重大嫌疑人，在特殊情况下，申请期限可延长至三十天。这意味着，犯罪嫌疑人落网并不是胜利在望，只有成功提请检察院批准逮捕，并移交法院进行审判之后，才能真正将其绳之以法。

我们必须在三十天内完成对175名嫌疑人的审讯，同时整理好全部卷宗，提交检察院，时间非常紧。首先，175人的审讯就需要花费大量时间，加上案件的时间跨度十余年，组织内部作案多为单线联系，嫌疑人之间存在相互串供的情况，证据链的获取极为困难。如果三十天内不能完成这些工作，就意味着刑拘期限已到，必须放人。

为了提高审讯效率，减少审讯时间，专案组在一起商议审讯方案。设计这套方案之前，我们请到了审讯专家和犯罪心理专家。

"可以尝试按照犯罪组织内的等级，将嫌疑人分开关押并进行第一次审讯。在看守所，嫌疑人会随机听到点名，由民警押送去审讯。每个嫌疑人审讯结束后，根据其交代情况重新分配关押地点。"

"这样的好处是？"

"打乱嫌疑人的心理预期，扰乱他们的心理防线。175名嫌疑人，总会有人先交代的，先交代有价值的和拒不交代的，要分别对待。"

"密切关注重点嫌疑人的情绪变化。在第一次审讯全部结束后，咱们集中开大会通报情况，同时派专人整理卷宗。"

"最好请检察院提前介入，指导重点法律依据。"

"第二次审讯，根据掌握的新的线索，将同一个案件中涉案的嫌疑人分开关押。一个房间内，安排一名案情较重的嫌疑人，以及数名案情较轻的嫌疑人。"

"这是为什么？不怕他们串供？"

"不怕，只要几个主犯单独关押，小喽啰之间，不用担心。"

商议好审讯方案，三十一个审讯小组同时开工。

第一个阶段是收集更多的信息，对于主要涉案人员，如宋武斌、宋文斌、方晓理，在第一阶段主要就是消耗他们的意志力。对于这三人来说，如果承认罪行，一定是死刑，尤其是宋武斌和方晓理，这些年为了洗白身份，专门聘请了法律顾问，对相关法律比较了解，很早就为自己脱罪做好了准备。所以在第一阶段，审讯专家并不抱希望能够直接获得真实有效的证据，使其认罪。

实际情况也正是如此，宋武斌反反复复就那么几句话：我是正经商人，我不是黑社会老大，我不知道他们做了什么事，与我无关。

而方晓理则是从始至终一言不发，无论你怎么问，他就是不说话。

宋武斌自以为了解法律，自信警方找不到证据，不能给他定罪，他只要坚持几天就可以取保候审。

方晓理也知道自己最近几年都没犯什么事，就算有，无非就是坐几年牢的小事，只要不说话，不暴露更多的证据，自己就是安全的。

至于宋文斌，因为杀小丑的凶手已到案，已经交代了犯罪事实，就不急于审讯他，先让他当观众，看看自己手下出来进去的小喽啰们如何换房间。

宋文斌被关押在距离一号审讯室最近的房间。

对于宋文斌来说，这几天很难熬。他在看守所看到了很多熟悉的面孔，有水果市场的人，还有跟着自己混的小弟。

想都不用想，肯定和杀小丑的事情有关。但是身边的人被带出去，又被带回来，却一直没人来提审他，宋文斌心中忐忑，不明白这是为什么。

宋文斌暗想，冷静，我一定要冷静，警方如此大规模地抓人，肯定是为了扫除黑恶势力，我和我那几个小弟，根本算不上黑恶势力，他们要扫除的一定是二爷的组织。也就是说，目前的事情很可能和我没关系，我只是小鱼小虾，或许我根本就不重要，所以才会不审讯我。

每当有人被提审回来，宋文斌就赶紧凑上前去和人套近乎，目的就是想了解一下警方的调查方向到底是什么。他看到被审讯回来的那些人并不紧张，问到具体审讯的内容，那些人也都大方地和他说，当他听说都是有关二爷组织的事，宋文斌放松下来，心想果然自己只是个充数的。

"那他们有没有问有关水果市场杀人的事？"

"没有，他们好像已经抓到凶手了，所以就没问。"

"抓到凶手了？"

宋文斌的心一下子提到了嗓子眼儿，已经抓到凶手了？没问的意思就是"不用问"了？

宋文斌迅速思索着自己当下的处境。如果说这么多天自己没被警方审讯的原因不是自己不重要，而是警方已经掌握了确凿证据，觉得根本无须再审讯自己，那该怎么办？

不能再这么坐以待毙了，快想想，快想想，此时此刻还能够做什么？

还好自己当时是吩咐手下小弟去雇杀手的，这样的话，杀手应该是不知道自己的，杀手最多是把小弟供出来，那么，小弟会不会把我咬出来？肯定会的，他不可能会为我承担罪名。

可要咬我，证据在哪儿呢？小弟雇凶杀人的证据肯定是有的，毕竟要给杀手酬金，但是，他们没有证据能证明是我指使的。我只需不承认，再反过来将所有罪名都赖到小弟身上就行了。

那天是晚上……对，晚上我和小弟在喝酒，喝多了很容易说胡话的，我是怎么给小弟钱的？是现金？如果是现金的话，当时有没有摄像头拍到我给他现金？如果警方已经知道是我给的钱，那这笔钱我应该怎么解释？一定要想个办法，把所有的事都推到小弟身上，是他自作主张雇凶杀了小丑，我什么都不知道。

接下来的几天，宋文斌每天都在心里排练自己精心编排的故事，他期待通过这个故事，洗清自己让雇凶的小弟背锅。也就在这几天，房间里一起被关押的人越来越少，渐渐地就剩下他自己。

与此同时，在其他房间里，那些涉案情节较严重的嫌疑人内心忐忑不安。他们看到同房间的手下被民警带出带入，而有些人在接受审问后就再也没回来。他们暗自揣测缘由，觉得最有可能的情况是，这些手下向警方供出了自己，被转移走了。也就是说，警方很可能已经掌握了一些线索。怀疑的种子就这样悄然种下。

几天后，房间里的手下都被转移到其他看守所，房间内仅剩下涉案情节较严重的嫌疑人。这种变动促使他们开始自我审视，心理压力也随之剧增。他们不禁暗自揣测，警方究竟掌握了多少线索？只能凭借自己的猜测，去推断手下小弟到底向警方交代了多少内容，自己该如何应对。

对他们而言，这无疑是一种心理上的折磨。在他们的认知里，已然确信警方此刻所掌握的线索比自己预想的要多得多。而他们后续的种种设想，也都是基于这一假设而构建的。

也就在这时，我们决定开始提审主犯。

首先要审讯的对象是宋文斌。对于他的案件，我们掌握的证据最多，基本能够完整呈现从他买凶杀人的谋划，到具体实施的整个过程。然而，目前面临的问题是，现有的证据尚无法构成完整的证据链，想给他定罪仍有难度。其中，犯罪动机是我们最为困惑的，宋文斌究竟为什么要对自己弟弟的组织下手。

此刻，我们已掌握的这些线索，无疑将成为最重要的武器。然而，何时运用这些线索，如同何时扣动扳机一般，是最重要的。并且，对宋文斌的审讯情况，也会影响我们后续针对方晓理等人的审讯策略。

宋文斌在房间里终于听到有人叫自己的名字。他深吸一口气，怀揣着事先编好的故事，准备"奔赴战场"。踏入审讯室，他一下愣住了，小小的审讯室里居然有十几个人。宋文斌马上意识到事情不简单，如此阵仗，想必自己的案子十分严重。十几个警察神情严肃地看向他，宋文斌感到害怕，原本闯荡黑社会的那股子勇气，此刻荡然无存。在这十几个人当中，有两人坐着，看上去相对温和，他们正低头看着面前的文件。等宋文斌坐下，其中一人抬起了头。

"姓名？"

"宋文斌。"

那人又低下头，好像在查看着笔录文件，然后头也不抬地说：

"你不用紧张，把你叫过来就是想要确认几件事，你配合调查就行。"

"好，好的。"

"上个月 17 号晚上，你在哪里？"

"17 号？"宋文斌当然记得这个日子，就在这一天，他给手下小弟钱，指使其去联络杀手，干掉小丑，他心想，果然还是找到自己头上了。但此刻，他必须极力掩饰，绝不能让旁人看出他对这一天记忆深刻，否则会让警方增加对他的怀疑。

"对，上个月的周五。"

"哦哦，我想想，我记得那一天，我起得很晚，大概十一点多才起来，因为头天喝了酒，起来之后就有点头疼，我估计头疼就是因为喝完酒之后嘛，身体缺水……"

"嗯，所以你在那天之前，去喝过酒对吧？"

"对，我在小西天那儿喝的酒，那天来了一批新的红酒，服务员给我开了一瓶，但是我杂七杂八地喝了很多别的酒，啤酒什么的。起床后，我为了缓解头疼，就去了水果市场，想着可以买点新鲜水果吃，这样会让身体舒服一些……"

果然，宋文斌开始胡编乱造了。我们会从一个"疑点"切入，引导他自己讲述。他现在怀疑警方已经掌握了大量证据，可又不清楚具体是哪些，只是明白自己那些犯罪证据没被销毁的话，极有可能被警方发现。

"我就去买了些西瓜，我记得很清楚，当时我朋友跟卖西瓜的人吵起来了，卖西瓜的就是后来被砍死的那人。我朋友当时嘟囔了两句说他老家的西瓜可便宜了，这边的西瓜太贵，卖西瓜的老板一听就不乐意了，说这西瓜就这价，吃不起就回老家去啥的，两人就这么吵起来了。我还帮着劝架了，为安抚老板还多买了几个西瓜。

"晚上，我和那个朋友一起去吃饭。为什么呢？我特别喜欢表，可有些表在咱们这儿不好买。我这朋友路子比较广，三教九流都认识，我就让他帮我搞一块，他说能搞定，这顿饭，就是为了这事。

"我也知道，我这朋友平时有点不良嗜好。我就担心他把给我买表这事儿搞砸了，所以还特意请他喝了好酒，专门跟他讲，先给他十万块，等表真买回来了，我再请他吃饭，好好感谢他……"

对于那些主动开始讲述的嫌疑人，我们一般不会轻易打断他们，而是顺着他们编造的谎言提问，引导他们说出更多内容。当谎言累积到一定程度，他自己就不能自圆其说了。这时，我们便会打断他们，并向他们挑明。

"你为什么要逃跑呢？"

"我没有逃跑,我就是出去玩了,我约了姑娘,我们说好了出去玩。"

"我们在抓捕你的地方,发现了七十多万现金。你只是出去旅游,为什么要携带这么多现金?"

"我新谈了女朋友,我就是想多带点钱,比较有面子嘛。"

"七十万现金,十六斤,大半个书包,出去玩你不会觉得麻烦吗?心里都不担心吗?"

"不担心。"

"根据你女朋友提供的信息,你们外出的这几天,基本都待在酒店。而且在此期间,你还和你女朋友去看了别墅,对吧?"

"对,那个地方挺好的,我女朋友就想着要不在那儿买套房子,我也是为了哄她开心。"

"你别装了,出去玩还换手机、电话卡?小丑被杀前后,你手下小弟都给你打过电话,通话记录能造假吗?凶手给你小弟打电话,紧接着你小弟就给你打,这通话时间都紧挨着。你真以为自己聪明?要是没掌握你的情况,我们会这么问你?我们现在最想知道的不是小丑怎么被杀死的,而是想知道你为啥要杀小丑。"

宋文斌被吓傻了,支支吾吾地说他什么都不知道,小丑的死和他没关系。

"几个月前,你还是个安稳领工资的富家翁,想必是出了什么事,你才被迫卷入江湖纷争。人在江湖,身不由己,很多时候,你或许并不想这么做,但不做自己又可能面临危险,对吧？"

在自己的谎言一次次被识破，又心存侥幸地认为也许自己的罪行不太严重，以及警察耐心地劝导等多重复杂情绪的冲击下，宋文斌的心理防线崩塌了。他紧张得双腿颤抖，一时间，竟什么话都说不出来。

宋文斌这家伙是个尿包，面对后续的审讯，什么都回答不上来。他满心期待着弟弟宋武斌能出面摆平这些事。

这也让审讯员哭笑不得。这时，李队长走进来。

"宋文斌，我们刚刚问了你半天，你瞎白话了半天，现在你听好了，这是我们领导，也是这次案件的负责人，你应该心里清楚是怎么回事，他很忙，你不说实话，他走了，你就没有机会了，明白吗？"

宋文斌点点头，我走到他面前问话。

"知道自己为什么进来的吗？"

"不知道。"

"不知道？你什么事没有我们能搞这么大阵势吗？我有必要在这里问你话吗？都是大老爷们儿，痛快点，把你的事情交代清楚，只要你能如实交代对你只有好处没有坏处。"

宋文斌哭哭啼啼，扭扭捏捏，犹豫不决。

"听明白了吗？我们不需要你交代杀人的过程，没证据，我们不会把你带到这儿。我们就想知道你杀人动机，明白吗？你杀了人，现在是死路一条。我最后再说一遍，你要是愿意讲，我就在这儿听着。你态度放好点，配合我们，说不定还有争取死缓的机会。但只要我踏出这扇门，你就彻底没救了。"

宋文斌哭得越发厉害，我见状，缓缓站起身，朝着门外走去。从我坐的位置走到门口，大约也就十几步的距离。然而，据宋文斌事后描述，我那十几步，对他而言像一辈子那么长。

当我走到第七步时，宋文斌扑通一声连人带椅重重地跪倒在地，旋即，他把所有事情都交代了。

拿下宋文斌并非难事，可问题在于，他并没有掌握什么实质性的线索。他交代的内容，无非是垄断香蕉生意、宋武斌给的几张卡，再加上那起买凶杀人案。真正能指向宋武斌犯罪组织的证据，几乎没有。从某种程度来讲，宋文斌提供的线索，还比不上一个小喽啰呢。

可是，方晓理心里没底。他不知道宋文斌知道弟弟宋武斌多少事。

方晓理被带到审讯室，还是和以前一样，臭石头一块。我也不着急，看着他，过了一会儿，我让民警把录像带拿过来，放到录像机里，当着方晓理的面，开始播放。

视频画面中，只见宋文斌扑通一声跪倒，哭得涕泪横流。

"我说，领导，我什么都说……"

我关掉视频，不慌不忙地坐回到位置上，喝了一口茶。

"你说？还是我说？"

审讯室外，都能听到方晓理的怒骂声，他愤怒至极，但最终选择交代了所有事情。

终于，该收拾宋武斌了。棘手的是，不仅证据不足，他还一直强调自己是公司董事长，绝口不承认是黑社会老大。

宋武斌一被带进审讯室，我们就点明："你手下涉嫌八十多桩恶性案件，证据我们都掌握了。"可宋武斌面不改色，反复强调自己不是黑社会。

"宋武斌，我看你也是个懂法的人，也是聪明人，你以为我们是拿你没办法，才一直审讯你的手下吗？"

我扔给他一本最新的《刑法》。

"你自己看看，这是去年出台的最新刑法，你看看第294条上面写着什么。

"上面可写了，像你这样的黑社会组织，手下犯的错，你脱不了干系！"

宋武斌依然不为所动，狡辩道：

"你们要是这么说，前提也得是，我真是黑社会的首领，可我不是。我是正经商人，就算那些人是黑社会，他们做了再多事，都和我没关系。"

我看着宋武斌："行，你别嘴硬。"随后我冲一个民警点点头。

宋文斌被带了进来。一进门，他就看见了弟弟宋武斌。他心里暗自揣测着我们的意图，刻意选择对弟弟视而不见。

这一幕，直接让宋武斌崩溃。他在心里怒骂，哥哥真是个草包，装作不认识自己亲弟弟，这不是明摆着欲盖弥彰嘛。

"宋文斌，你装什么呢？你不认识自己的弟弟？这个不用证据吧。"

"我认识我的弟弟，我就是不知道这是要干什么。"

"宋文斌，你知不知道，根据方晓理等人的供词，也就是江湖上'二爷'的供词，你杀的小丑，就是你弟弟的手下。"

"什么？"宋文斌愣住了。

"我再强调一遍，我是正经商人，不是黑社会老大。"宋武斌赶紧出声提醒，宋文斌马上心领神会。

"是吗？"我紧盯着宋武斌的眼睛，"你弟弟从十年前起家的时候，就多次和小丑往来。还托方晓理送给小丑一辆汽车。钱虽然不是直接转给小丑的，那可是十几万啊，你觉得这钱是去找小丑买西瓜的吗？"

宋文斌立刻扭头看向弟弟，想从弟弟那里得知一些什么。宋武斌心里大骂，蠢货，就说不知道就行了，这和案件都没有关系。

"你都不想想，你上班的投资公司，每个月给你发那么多钱，这钱都是哪来的？你恐怕不知道吧，你们投资公司的钱，大部分和方晓理有关系，而你杀的小丑，就是方晓理的小弟。"

别回答！别回答！大哥啊，你千万什么都别回答！宋武斌心里焦急，他刚想说话就被制止了。

"你知不知道，小丑被杀后为什么家属迟迟没报警，因为他们四处打听寻找凶手，想私下解决，却连凶手的影子都没摸到。他们认定，这是一伙手段很厉害的家伙策划的谋杀，情急之下，才闹到公安局。

"而他们之所以找不到凶手，是因为从一开始就把你排除在外了！你真以为自己做的那点事天衣无缝？要是别人真想查，能查不出来？只不过他们怎么也想不到，对自家组织下手的，竟然是老大的哥哥！

"你弟弟一直想保护你，就是不想让你蹚黑道儿的浑水，他费尽心思把自己洗白，可万万没想到，最后毁了这一切的，竟然是你！说起来，我们还得'感谢'你呢。

"我们把你叫来，不为别的。要知道你死到临头了，杀人偿命，天经地义。把你带到这儿，是想让你最后见见你弟弟。你啊，就是你弟弟这辈子最大的报应！"

宋文斌傻了，呆呆地看着自己的弟弟，宋武斌扭过头去不看他。面对死亡的恐惧，和自己的愚蠢，宋文斌悔恨交加，眼泪流了出来。

宋武斌也快要坚持不住了，他知道，马上就全完了。

"听说你们兄弟俩一直感情深厚，小时候父母早逝，就剩你们俩相依为命，后来你弟弟有了钱，还一心顾着家里。可如今却走到了这步田地，给你个机会，好好和你弟弟说说话吧。"

宋文斌泣不成声，嘴里嘟囔着对不起，几近崩溃。

他哀求着弟弟，问弟弟这一切到底是不是真的，弄清真相是他死前的愿望，他不想死不瞑目，不想因为自己害得弟弟家破人亡。

终于，宋武斌也哭了，心里最后的防线轰然崩塌。

"不怨你……我是自作自受……"

历经一年多的起诉与审判，查明该犯罪团伙通过杀人、绑架、故意伤害、敲诈勒索、非法拘禁等犯罪手段，疯狂作案两百余起，致使十五人死亡、一百余人受伤或致残。

在审判进程中，法院详细梳理了该团伙在十年间犯下的诸多罪行，涵盖组织、领导、参加黑社会性质组织罪，故意杀人罪，抢劫罪，组织淫秽表演罪，强奸罪，非法拘禁罪，非法买卖枪支罪等，累计多达十几项罪名。

最终，法院对宋文斌、宋武斌等71名被告进行宣判，其中11人被依法判处死刑。

十、天下无拐

    我本想着，这辈子就干打黑工作了，一门心思扑在这上头。没想到，办结方州市宋氏兄弟黑社会组织案没几天，政治部主任突然叫我去他办公室，说有事要和我商量。要知道，政治部是管人事调动的，而公安机关的人事安排，一般都是领导直接定下来，下面的人就要不打折扣地服从命令听指挥，有什么需要和我商量的呢？

    怀揣着满心的好奇，我敲响了政治部主任的门。

    "报告！"

    "进来。"

    "主任你找我？"

    "来，坐，坐下谈。"主任指了指办公室的沙发。然后站起身，倒了一杯茶，递到我手里，坐在我面前。

    "老李，组织上考虑给你换个岗位，想征求你的意见。"

    果然没猜错。我挺直了腰板儿，认真听着。

    "部里把打击拐卖妇女儿童犯罪从大案处分出来了，成立了专门的打拐办，各省都要成立打拐办，咱们局也要成立打拐处。保护妇女儿童权益这项工作非常重要，需要选一个有经验的人负责，局领导考虑再三，认为你最合适。你看？"

"感谢领导信任，我先表个态，我一定服从命令听指挥。但我想多问一句。"

"你说。"

"为啥要把打拐从大案处分出来？"

"这个等你到任了就清楚了。你要没问题的话，明天就报到，其实就是换个办公室，还在这一层。"

"没问题。"

"还有，关于接替你当反黑大队长的人选，也想征求你的意见。你认为谁合适可以提名。当然，最终还要经过民主评议。"

"小周吧。他担任副大队长这么多年，能力、业务素质都很强，早该提提了，就是我一直压着他，把他也给耽误了。"

"不能这么说。小周的能力是很强，这次你们协助方州打掉的那个黑社会组织，小周的指挥、协调能力有目共睹。组织上会考虑。"

走出政治部主任办公室，我才意识到，自己在反黑大队已经待了二十年，担任队长也有十年之久。时间过得真快，小周从政法大学毕业后来队里工作也已经十三年了，担任反黑大队副大队长也八年了。

来到队里，小周迎面和我打招呼：

"师傅，政治部主任找你干啥？要升官了吗？"

"别瞎猜。是你要升官了。"

"啊？师傅你别开玩笑了。"

"不开玩笑。帮我收拾收拾东西，我要换个办公室了。"

两天后，公安部召开全国省、市、区县打拐办成立电视电话会议。会议由公安部副部长出席，部局新任打拐办陈主任主持。

"同志们，今天召开这个会议，主要有三个目的：一是向大家通报一个情况，二是分配一项任务，三是启动一项全国范围的集中打击专项行动。在座的各位来自各级新建部门，不少同志没经办过拐卖妇女儿童案件，对这类案件的特点和打击难度缺乏了解。下面，我先为大家介绍一下相关背景。"

根据第五次人口普查最新数据，中国12.95亿人口中，女性有6.45亿，14岁以下儿童有2.8979亿。妇女是社会发展的重要组成部分，其发展是衡量一个国家发展进程的重要尺度。而儿童是国家和民族的希望与未来，一个国家和民族的前途命运取决于儿童的发展水平。

自新中国成立到二十世纪七十年代末，我国实行计划经济体制，社会管控严格，地区间差异较小，交通与通信发展水平有限，人口流动不活跃，拐卖妇女儿童的犯罪活动几乎绝迹。进入二十世纪七八十年代，我国社会经历巨大变革，经济发展迅猛，地区差异与城乡差距逐渐加大，交通通信越发便利，人口流动日益频繁，各类违法犯罪活动处于高发态势。在这样的大环境下，拐卖妇女儿童犯罪再度滋生，迅速蔓延开来。

从1980年起的三十年间，我国拐卖妇女儿童案件数量增长迅猛，从每年几十起急剧上升到上万起，且长期维持在高位。案发区域不断扩大，从乡村扩展到城市，从个别地区扩散到全国。犯罪类型更加多样，在拐卖儿童非法收养、拐骗妇女卖为人妻的基础上，又出现拐骗妇女儿童强迫其街边乞讨、街头卖艺等违法犯罪行为。犯罪手段也在升级，从单纯诱骗变成诱骗、盗抢等多种方式，甚至出现杀人抢婴的恶性案件，暴力化趋势明显。一些人贩子受利益驱使，把拐卖妇女儿童当作职业，职业化特征明显。部分拐卖犯罪团伙已形成组织严密、分工明确的犯罪集团，长期从事拐卖犯罪活动。

拐卖妇女儿童是一种严重侵犯人权的野蛮犯罪行为，不仅严重侵害妇女儿童的身心健康，而且给大量家庭带来无尽的痛苦与深重的灾难，危及社会和谐稳定，已经成为一个严重的社会问题。我国政府历来高度重视保护妇女儿童合法权益。从二十世纪九十年代到2000年，组织开展了四次全国范围的打拐专项行动。2000年之后又开展多次区域性打拐专项行动，严厉打击拐卖犯罪。然而，由于诱发和滋生拐卖犯罪的土壤没有彻底铲除，拐卖犯罪仍处在高发多发阶段，打拐工作还存在不少困难和问题，形势依然严峻。

2009年，内地某省警方截获一辆可疑汽车。在审查过程中发现，车上三名男子携带的一名男婴是他们从他人手中花费2.95万元买来的。经进一步侦查，成功破获了一个涉及十二个省市、拐卖一百多名儿童的特大案件，令人震惊的是，其中部分儿童竟是被亲生父母卖出的。

随着城市建设持续推进，从农村涌入大中城市的务工人员数量急剧攀升。这些进城务工人员收入低，子女入学难。而且，他们整日忙于生计，根本无暇看管孩子，致使孩子极容易成为人贩子下手的目标。

同年，沿海某省警方破获一起特大拐卖儿童案，成功解救31名被拐卖儿童。在这起案件中，人贩子在县城广场、集贸市场、车站候车室等场所，利用小孩爱吃爱玩的特点实施诱骗。他们以小乌龟、口香糖、儿童玩具等为诱饵，拐骗那些在外玩耍且无人看管的三至六岁男孩，随后带至福建进行贩卖。在贩卖婴幼儿的过程中，人贩子对婴幼儿的生命视若草芥。为了不被发现，他们经常将婴幼儿装入箱包等容器，或者藏匿在其他货物中进行运输。为防止婴幼儿哭闹，部分人贩子还给婴幼儿灌服安眠药，让其长时间处于昏睡状态，这极易导致婴幼儿缺氧，进而造成智商受损，甚至窒息死亡。对于患病的婴幼儿，人贩子不敢送往正规医院治疗，致使有的婴幼儿死亡。

某铁路公安处破获的系列拐卖婴幼儿案令人痛心。在成功解救的51名被拐婴幼儿中，竟有5名在人贩子贩运途中不幸死亡。同年，公安部直接指挥侦办了一起涉及跨多省区的拐卖婴幼儿犯罪团伙案件。经查明，被拐婴幼儿多达600多名，最终抓获犯罪嫌疑人360多名。在侦办工作过程中发现，人贩子手段残忍，他们经常给婴幼儿灌服安眠药，随后直接将婴幼儿装进黑色塑料袋，就这样用手提着去进行罪恶的交易。

在传统的引诱哄骗手段难以达成拐骗目的时，部分犯罪分子竟不惜铤而走险，采用抢夺、抢劫儿童的方式进行贩卖，甚至会打伤、杀害儿童的父母家人。2005年10月13日晚上九点多，在山东省聊城市，一位老人骑着三轮车，带着外孙女和孙子回家。突然，两个青年男子从路边窜出，抢走了老人三岁半的孙子小五岩。所幸，经过聊城警方的不懈努力，案件成功告破，两名案犯被缉拿归案，小五岩也平安回到了亲人身边。

近年来，中国妇女被拐卖至境外并被强迫从事色情服务的案件频繁出现，且案发数量持续处于高位。当前，在东南亚、中东、欧洲、澳洲、非洲等地区的多个国家，均已发现此类犯罪活动。

2009 年，东北一位失踪女性的家属向警方报案。据家属称，该女性经一位熟人介绍前往沿海某市做服务员，然后又以打工为幌子，将该女性诱骗至国外强迫从事卖淫活动。

拐卖犯罪衍生出一系列严重问题，影响社会稳定。孩子被拐，对于每一个家庭而言，无疑是一场毁灭性的灾难。在内陆某省一个偏远县城，曾发生过这样一起令人痛心疾首的案件：两岁儿童浩浩在深夜被犯罪分子入室盗走。此后，浩浩的爷爷奶奶因过度忧伤，在短短一个月内相继离世。浩浩的母亲承受不住打击，精神失常。

沿海某市的寻亲家长，孩子被拐走后，为了寻子，专门开了一家寻子店，并立下誓言，找不到孩子绝不罢休。在寻子的漫漫长路上，不少家庭为了找寻被拐的孩子，不仅花光了所有积蓄，甚至四处借贷背负上了沉重的债务，生活陷入绝境。部分被拐儿童的家长，为了让政府重视并全力找回他们的孩子，选择通过上网发声、集会游行等方式，表达自己的诉求。还有些家长，为了引起更多关注，接受了境外媒体的采访。

"孩子被坏人拐走后，我们的五脏六腑都像是被掏空了，只剩下一具行尸走肉般的躯壳。我只想对那些养父母说，当你们把孩子领进家门的那一刻，你们要知道，孩子的亲生父母，他们的世界已然天塌地陷。"

党和国家领导人对打拐工作高度重视，多次作出重要批示。

这是我第一次以打拐民警的身份接触拐卖妇女儿童案件，着实没想到拐卖儿童犯罪形势竟如此严峻。同时，我也深切感受到国家和公安部领导对打击拐卖犯罪投入了巨大心力，在全国各省、自治区、直辖市都专门成立了打拐办，安排专人负责打击此类犯罪。

此后，我开始关注与拐卖犯罪相关的一些新闻。

那天，我打开电视机，映入眼帘的是一则颇具年代感的公益广告。画面中，身着制服的警察剪影、摄像机跟拍纪实风格的抓捕行动、张贴在街头的寻人启事，以及手持孩子照片、满脸焦急的父母，一系列画面快速剪辑闪过，这便是CCTV12 "12·4法律服务动车行"的片头。

"三十多名儿童在街头突然失踪，他们现在何处？十七名失踪儿童获得解救，他们能否寻找到亲生父母？在拐卖妇女儿童犯罪的严峻现实面前，如何让离散的亲人早日团圆？如何让罪恶的交易受到法律的制裁？ 12·4法律服务动车行，直击惊心动魄的打拐现场。"

随着片头结束，我们来到节目现场。央视主持人端坐在圆桌前，背后的屏幕上，展示着丢失孩子的父母在电线杆上张贴寻人启事的画面。主持人面向镜头说道："2009年，被称为中国打拐年。截至 2009 年 10 月 29 日，全国公安机关共侦破各类拐卖案件 4420 起，解救被拐卖妇女儿童 6020 人。打拐旋风所及，982 个犯罪团伙被打掉，形成强大的震慑力。

"CCTV12 '12·4 法律服务动车'，今天出发！传递法治的力量，传递公平与正义，是我们前行的目标。今天，我们将和大家一起直击惊心动魄的打拐现场。我们的记者兵分两路，一路远赴千里之外的福建，一路将出现在新闻现场。现在，让我们一起和动车出发！"

画面切换到大屏幕视角，屏幕上呈现出中国地图，能清晰看到央视记者一路在福建，一路在北京，还有一路在央视演播室。演播室内，半圆形桌子旁围坐着六位嘉宾，其中有身着制服的公安部刑侦局副局长，还有最高人民检察院、最高人民法院、全国人大、全国妇联的相关领导，另外还有一位刑事公益律师。

电视里，大家围绕"买孩子是否应该负法律责任"展开讨论。当时的法律规定对于孩子的买方市场，缺乏明确的法律制裁条款。尤其在一些地方，存在"想要富，一年生出一个万元户"的畸形观念，即通过贩卖孩子获取高额利益，女婴价格数千至一万，男婴更高，可达四万甚至更多，这种观念催生了畸形的市场。

这时，公安部刑侦局副局长杨德众出现在电视画面中，他正是分管打拐工作的副局长，几天前我刚在全国电视电话会上见过他。杨副局长提出，打拐是一场需要全社会共同参与的战斗，目标是实现"天下无拐"。

还没等我仔细看清，电视画面便切回演播室，主持人张绍刚向杨副局长提问："杨局长，我们两路记者带我们看到的是一个对比：一方面是孩子们的父母，每天拿着寻人启事，走在中国的大街小巷，凡是他们能想到的地方，他们都去；另一方面是我们也看到了我们的这些活泼可爱的孩子，他们想回家，但是，他们不知道自己的父母在哪里。那么，杨局长，这就有一个问题，很现实地摆在我们公安机关面前：让父母们的心有着落，让孩子们能够回家，我们的公安机关到底能帮他们做些什么？"

杨副局长回答道："动员社会力量去帮助他们，让大家都知道，寻找孩子不是一个家庭的事，警察会管，全社会都会管。"

"全社会的力量？"

"是的，目前拐卖妇女儿童的案件在增多，从公安的角度来看，要加强对人贩子，买卖儿童行为的打击。首先我要对目前还没找到孩子的父母表达歉意，我们公安部一定会尽全力打击人贩子，帮你们找到孩子。但这其中，仍有一些问题，我们需要向全社会寻求力量。重男轻女的观念、传宗接代的执念，还有一些畸形的市场。我们公安部在 2009 年建立了失踪儿童家庭的 DNA 数据库，从技术上来讲，只要是被拐孩子的数据，和亲生父母的数据都在库中，那么比对成功率应该是 100%，但是就目前来说，我认为这其中存在一些宣传死角，许多家庭并不知道 DNA 数据库的存在，也不知道儿童失踪，无须等待二十四小时，立刻就能报案、立案。"

主持人继续提问："我们注意到，在我们国家的刑法第 241

条上面有这么一个规定，收买被拐卖的妇女儿童的，处三年以下有期徒刑、拘役或者管制。但同时也有这样的文字，说对被卖儿童没有虐待行为、不阻挠解救的，可以不追究刑事责任。所以我就很想问问咱们全国人大法工委的雷处长，为什么在制定这个241条的时候要有那个'但是'？"

雷处长回应："1991年之前，收买被拐卖妇女儿童的犯罪，并没有规定追究刑事责任。1991年的时候呢，相关部门也提出来，从打击买方市场，进而萎缩这个买方市场，对于减少拐卖犯罪本身是有一定益处。但同时也有部门提出来，收买被拐卖妇女儿童的人，追究刑事责任有时会存在一些困难。基于各种各样的考虑，1991年的决定规定了如果你不阻碍被拐卖的妇女返回原居住地，或者对被拐卖的儿童没有虐待行为的话，可以不追究刑事责任，并不是说一律不追究刑事责任。究竟这个政策怎么掌握，需要司法机关根据实践的需要来随时调整。

"严厉打击拐卖妇女儿童犯罪，已经成为我们司法机关的共识。最高法院、最高检察院、公安部、司法部召开了一个座谈会，题目就是'严厉打击拐卖妇女儿童犯罪'，并且要形成一个纪要。这个纪要里面，我们可能要对拐卖妇女儿童犯罪的立案、管辖以及一些新类型的拐卖妇女儿童犯罪的定罪，甚至如何加大对买方市场的打击力度等，作出规定，并指导全国司法机关。"

"关于买方市场，我们的会议纪要会有一些什么样的新精神吗？"

"比如说，明知是被拐卖的妇女儿童，他们买了，而且买了两次，而不是一次。那这种情况下，我们还是要考虑是否可以定罪处罚。另外，买来之后明知是盗窃或者抢夺来的，那这种情况下，我们也要考虑是否定罪处罚。总的来说，在处罚力度上，可能会加大一些。"

全国妇联代表接着说："明年妇联组织还将和铁路等交通部门继续联合开展儿童安全成长的宣传行动，能够把预防拐卖的知识普及到交通线上。因为所有的拐卖只要是跨地域的，它都要走交通的线路。所以，我们希望所有的铁路、公路、车站、码头，都能够有预防拐卖的声音出现。此外，我们还想对被解救的妇女儿童提供一些康复服务。"

全国人大代表表示："我们全国人大对所有的这些问题，特别是这些意见，都会作为经常性的工作进行研究，随时了解拐卖妇女儿童犯罪方面出现的一些新情况。例如，这两年也出现了一些新的动向，我们都在进行研究。如果有需要立法完善的地方，我们也会提出研究意见，供常委会立法参考。"

主持人问："在 2009 年，我们也看到了公安的行动给我们带来那么多温暖。2010 年，这样的温暖、这样的法治力量还会用什么样的方法持续呢？"

杨副局长回应："今年的打拐专项行动只是开了一个头，我们已经决定明年要继续再进行一年。具体到帮助群众找孩子这个问题上，我们还会推出一些新的措施。例如，前一段时间，我们在媒体上公布了已经解救的六十个儿童的信息，目前找到了三个。当然，我们也在总结，可能会有一些宣传的死角，我们还没有宣传到。我们还会联合和动员更多的媒体，帮助我们把这些解救的被拐卖儿童的信息发布到城镇乡村，让大家都知道。

"第二个措施，明年我们还是准备将这些失踪儿童的信息，就是我们现场这三位家长手里的这些海报——建立一个官方的网站。另外，我们还准备在公安部和各省两级公布打拐的热线，接受群众的报案举报，接受群众提供的这些被拐卖儿童的信息。总之吧，只要是群众有需要，只要这个意见对找到孩子有好处，我们都会认真地研究采纳。"

最后，我看到杨副局长走到失踪儿童妈妈李静芝面前，庄重地敬了个礼，说道："我们很抱歉，还没找到孩子，这是我们公安机关的问题，你放心，我们一定会加大力度，帮你们把孩子找回来。"

看到这里，我内心深受触动，眼眶不禁湿润了。在参与打拐工作之前，我从未意识到公安部、最高人民检察院、最高人民法院、全国人大、全国妇联在应对拐卖问题时，会遭遇如此多的艰难挑战。其实，在打黑工作中，我们也时常面临类似困境。当今社会发展日新月异，立法进程有时难以跟上现实变化的步伐，这就导致警察在执法时有所顾虑，不敢轻易采取行动，毕竟依法治国要求执法要有法律依据。就拿刑法第294条来说，如果它没有对黑社会组织罪作出明确的定义，那么像宋武斌这类黑社会头目，很难将其绳之以法。

不久，公安部打拐办一位女警官找到几位技术人员，商议开发"团圆系统"。

女警官姓田，人长得甜美，警服穿在她身上透着一股英气。

"按照局领导的要求，我们希望尽快开发一个权威发布平台，由我们全国各省市的打拐民警进行失踪儿童信息发布，请全国人民一起帮助找孩子。鸿姐说咱们能提供免费技术支持，是吗？"田警官微笑着看向坐在她对面的鸿姐。

田警官和鸿姐看起来很熟，这次的开发小组召集人就是鸿姐，感觉两人脾气相投，都是性格直爽的人。

鸿姐听到田警官点自己的名，连忙摆摆手，又点点头。

"是的。不过不是我说的，是大飞哥说的。"

田警官和几位技术人员几乎同时看向一位穿绿色 T 恤的人。

开会前，鸿姐向田警官介绍了这几位技术人员，他们都来自国内顶尖的互联网企业。在这个团队里，同事间习惯用网名互相称呼，既不叫官职，也不喊姓名。从穿着上看，被大家称作"大飞哥"的技术总裁，丝毫没有那种传统霸道总裁的派头，和其他几位技术人员没啥两样，T 恤衫、格子衫仿佛是他们的标配。

"大飞哥听说国家要建一个失踪儿童紧急发布平台，亲选了我们这个'3+2'组合，隐樵、铁花、龙明这三位是技术大牛，我和幽若负责运营，我主外、幽若主内。"鸿姐补充道。

大飞哥面相忠厚友善，眼神里充满真诚，浑身上下有着随时可以爆发的干劲。

隐樵是一名架构师，人如其名，话不多，内敛、温文尔雅，典型的技术男。

铁花和龙明，一个是产品经理，一个是开发工程师，两人沉稳干练，像是配合默契的老搭档。

鸿姐和幽若，有着共同的特点，亲和友善，两人都爱笑。

大飞哥笑着回应："没错儿，这是积德行善的大好事，对于我们来说能参与其中很荣幸。我们肯定是免费提供技术支持。"

"我是这样想的，既然要做，咱从一开始就选最合适的人来做。我选的这几位，除了技术好更是热心肠。咱做公益，首先就是不能怕麻烦，愿意为别人着想。'团圆系统'对国家意味着什么，田警官都说了，意义重大，福泽千家万户。对我们来说，是用我们的技术能力开发一个用于做公益的产品。今天咱们第一次开碰头会，我们先把职责和具体分工搞清楚，然后，干就完了。"鸿姐爽快地说。

铁花点点头，作为产品经理，他需要了解田警官的实际需求。

"好，我来说一说我们目前打拐遇到的困难。"田警官说。

"第一是拐卖儿童犯罪隐蔽性强，孩子被拐后，往往被快速转移到外省，案发地警察缺乏有力的线索进行快速追踪；第二是孩子长大后长相发生较大变化，使用传统的侦查手段很难辨认，只能通过 DNA 辨别血亲关系，但是，收买方通常隐瞒孩子身世，被拐人一般不知道自己的身世，很难主动配合验血；第三是有关防拐的普法宣传力度不够，已发案件还未侦破，新发案件每年持续增长，有关打拐的重要信息，很多家长不了解，像是如果孩子走丢了，许多人不知道可以立即报案，不用等 24 小时。除此之外，有关拐卖妇女儿童的谣言也很多，说咱们中国每年失踪儿童有 20 多万人等等，在社会上造成了恐慌和不安。每年每月每天究竟有多少孩子失踪，这个数字我们需要随时掌握，要通过建立的这个平台，在全国范围形成一种统一指挥、协同作战、快速解救的常态机制，提升我们的破案率。我们希望在互联网时代，结合互联网技术全覆盖的传播力量，将打拐相关的普法知识和报警、救助途径等，告知更多的人，有效降低儿童失踪的发案率。"

"总之，建好用好这个'团圆系统'，提升破案率、降低发案率，就是我们的需求。总目标就是我们局领导提出的这八个字。"田警官在黑板上写下八个大字："全民参与，天下无拐。"

龙明和铁花点点头，脑海中开始构思方案和可行性，两人轻声地沟通。

大飞哥思索片刻率先发言：

"明白，田警官，谢谢你这么详细清晰的讲述，我的初步判断是，前面你讲的需求不难，我们可以做，技术方面我们有优势。'天下无拐'这个总目标，感觉比较难，它不仅是技术的问题。"

大飞哥说完后，朝大家侧了侧身。

"至于说开发成本和人员保障上，成本预算最贵的是人力，我们最不缺的就是技术人员，对吧？"

大家纷纷点头。

"大飞哥找我们的时候，就讲明白这是一个公益项目，要找真正愿意长期参与、志同道合的人。所以我们采用招募志愿者的方式，以个人的身份参与，免费干。以后不管是谁离职了，还是转岗了，都不影响项目运营，我们都想要坚持、长久地做下去。"隐樵不紧不慢地说。

大家再次点头，表示认同。

"至于可能用到的服务器资源，我去想办法。隐樵是我们资深的架构师，技术由隐樵、铁花、龙明负责，同时招募可靠的志愿者，要签保密协议。项目运营这一块由鸿姐负责。内部协调和遇到什么具体困难，找万能的幽若。"大飞哥当即明确了分工。

"好的。我有个问题请问田警官，'全民参与'方面，是不是可以理解为对全国手机用户的触达率要高，触达范围要广，基本上每个手机用户和网络用户都能在需要的时候收到信息。而'天下无拐'，是不是可以理解为失踪儿童的找回率要达到100%？"铁花提问。

田警官想了想，回答道："是的，有关'全民参与'，主要是希望借助社会和群众的力量，能够向我们提供线索，让失踪儿童尽早被发现。"

"明白。那么结合上述的要求，我简单总结三点：第一是权威发布，公安部和打拐民警发布的失踪儿童信息要有权威性；第二是精准推送，要将有关失踪儿童的信息精准推送给失踪地附近的人群，并且能反向通过群众获取线索；第三是高效协同，要给全国6000多名打拐民警提供高效沟通和协作的平台，同时保证信息安全。此外，配合运营的指标，我们要逐步实现失踪儿童的找回率达到100%。"隐樵补充道。

"是这样的。"田警官点点头，表示认可。随后龙明发言。

"根据这几点需求，我给出一个初步的方案。按照系统的设计，应该会分为三大块。第一是针对权威发布，将全国6000多名打拐民警放在一个组织架构里面，这样民警们可以通过系统将丢失儿童的案件信息汇总起来。而对于信息的发布，只能由具有管理员权限的办案民警有权发布，保证信息的权威性。对于信息的安全性，初步的方案是进行信息的脱敏加上本地的储存。

"第二是精准推送，'团圆系统'要做到在拐卖案件发生时，能够第一时间把丢失儿童的信息推送到每一个可能发现丢失儿童的手机用户。我建议以丢失儿童的位置为原点作一个半径，我们去圈出附近的人群，把失踪儿童信息精准推送到这个人群里面。这一块可能需要高德地图的同学配合。

"第三是高效协同。系统要做到不同地区的警察与警察之间的沟通配合、警察与媒体的配合，以及警察和民众之间的配合。将三者之间建立链接，从而能够第一时间把被拐孩子给救出来。"

田警官听完眼前一亮，朝大飞哥点点头。

"技术方面由你们做主，我这就向局领导汇报，争取尽快开始。也请鸿姐与各家权威媒体广泛沟通，号召更多社会力量加入进来。"

那次碰头会之后，"团圆系统"研发正式启动。六年后，俊惠接替隐樵，炳蔚和李岩接替铁花和龙明，"团圆系统"在先后379位技术人员的接力传承下，系统运维安全平稳，来自国家媒体、公检法退休人员组成的专家志愿者与国内外知名院校的大学生志愿者，接力支持从未停止，在全社会的共同帮助下，成千上万个家庭实现了团圆梦。其间，这些团圆志愿者又合作开发了一个更大的公益平台"青骄第二课堂数字化平台"，在国家相关部门的支持和指导下，运用互联网技术向上亿中小学生及其家庭普及反拐、反诈、禁毒、反校园欺凌、心理救助等常识，为减少青少年犯罪、维护社会稳定和国家长治久安贡献了民间技术善举。

从那年开始，中国失踪儿童找回率从当年的89%逐年上升至98.5%，"团圆系统"成为享誉海内外的中国打击现行拐卖儿童犯罪的基础设施。这是后话。

春节，对于中国人来说，是万家团圆的日子。

这些年，随着经济发展，外出务工人数增多，劳务输出引发的案件渐多，其中一些涉及拐骗妇女的违法犯罪行为。

鲲城打拐办就设在刑侦大队，整个编制就俩人，我和小王。小王是个"80后"，今年刚毕业就分到局里来了。她可是西南政法大学侦查系毕业的研究生，科班出身，我从她那儿学到了不少刑侦理论知识。现在的年轻人，身上有种不服输的活力，比我们年轻时更清楚自己要什么，目标明确，干劲十足。小王是东北姑娘，家里独生女，打小就是学霸，性格豪爽，正义感爆棚，一看就是天生当警察的好苗子，跟她相处，总能感受到那种熟悉的热情。

春节期间，有一天小王突然打电话过来，说她接到指挥中心转来的报警电话。鲲城有个商人，在非洲经商时发现有人绑架了一名鲲城籍女孩，还把她卖到非洲那边做小姐。按道理，鲲城出了拐卖妇女的案子，咱们肯定得管。可问题是被拐卖的地点在非洲，这种情况，咱们到底能不能受理这案子呢？

"部领导说要实现'天下无拐'，可这天下到底有多大呢？多远以外的案子可以不管？中国妇女在国外被欺负遭拐卖了，咱们到底能不能管？"小王一连串地发问。

涉及境外的案件该怎么办，我也是第一次遇到。

报案人是在鲲城做外贸生意的商人。前段时间，他从华人商会了解到，在非洲做外贸很赚钱。咱们这边的小商品，像拖鞋、服装、小玩具这类，只要运到非洲，就能赚不少美元。十块钱人民币的货物，到了非洲能卖到十美元，这可是个难得的赚钱机会。于是，他前往非洲做外贸生意。在那边，他发现竟然有中国妇女被卖到当地，还被迫从事卖淫活动。

"他是怎么知道人是被拐卖的？"我问小王。

"我也是这么问的，他一开始吞吞吐吐的，我就多追问了几句，才弄清情况。"

原来，那个商人到了国外后，发现当地有中国人开的夜总会，他就在那里找了小姐，一来二去，小姐和他渐渐熟悉起来，两人有了感情。后来，小姐就托他回中国后想办法报警，还把受害人的姓名、身份证号告诉了他。商人提供的这些线索经过比对，果然是鲲城两年前报过警的失踪人口。

我听完小王说的，让她与报案人联系，最好能够让他来局里见面聊。挂断电话后，我在房间里边踱步边思索。

"师傅，不好意思，这么晚打扰您。"

"没事，小李，你说吧。"

"我是想问，中国人在国外犯罪，咱们能不能办他？中国女孩被拐卖到国外强迫卖淫，咱能不能去国外解救？"

电话那边沉默了一会儿。

"你小子傻了？多远都要救。说具体的事儿，你办不了，我和东哥想办法。"

一个月后，一场会聚了涉案多地刑侦人员的案情通报会，在北京公安部召开。会议聚焦的主题是前往海外解救被拐的中国妇女，全力维护海外华人的合法权益。

"各位领导、同志们，经部领导批准，5 月 11 日至 18 日，我们会同国际合作局组建工作小组，前往 A 国，对当地侵害中国公民权益的犯罪情况展开调研。经工作组了解，目前在 A 国，此类犯罪案件共计 57 起。据大使馆工作人员以及当地中国公民反映，这些侵害中国公民的犯罪案件背后，几乎都有中国籍犯罪分子的影子。其中，部分犯罪分子结成犯罪团伙，操控 A 国人实施抢劫、绑架等违法犯罪行为，犯罪嫌疑人主要来自 404 帮。这次行动，我们必须从战略高度去认识，它关乎国家利益、民族利益，更关系到人民群众的安危，所以一定要组织好。"杨局在战前动员会上说。

我们这次执行的任务有三个，可用"三个一律"概括：其一，抓捕环节，有犯罪嫌疑的人，一律实施抓捕；其二，解救工作，对于被拐骗至 A 国并被强迫卖淫的妇女，一律要解救；其三，押解事宜，无论是抓到的犯罪嫌疑人，还是解救出的妇女，一律安全回国。

这是一片远离 A 国某市中心的区域，脚下是黄土地面，映入眼帘的是低矮的建筑。远处隐隐约约能看到被铁皮包围的工厂和高耸的吊机。

天已经黑了。街道中亮起了"芭芭拉夜总会"的霓虹招牌。借着霓虹灯的光亮，能看到有好几个黑人，或懒散地分布在芭芭拉夜总会附近，或在房顶上。他们看着就像普通居民，穿着拖鞋和短裤，可身上却斜挎着不同类型的枪支。

陆陆续续开始有人走进芭芭拉夜总会，我混在其中，独自一人走向夜总会。我掏出事先备好的美元交上，顺利进了场。此时夜总会里的人还不多，舞台四周都还没亮灯，吧台前穿着暴露的小姐们脸上堆着笑容，正陪着老顾客们闲聊。

我走向吧台。

"老黄！"我喊道。

同时有两个人回头，其中一个慢慢地扭回头去喝酒，我走过去。

"张总啊！来！来！"

老黄看起来像是这里的常客，一把搂过我走向旁边私密性更好的卡座。老黄的身高比我矮了一大截，我要稍微弯腰才能配合老黄的搂抱。

卡座呈半月形，有一面正对着旁边的小舞台。我假装不经意地打量四周，从所处位置能看到夜总会内部大概两成的空间。我扫视一圈，发现舞台下有两个男人，正是我们的侦查员小陈和老吴。老吴一只手斜搭在椅背上，手掌摊开放在椅面上。我留意到这个暗号，便把腋下夹着的包立着放到了桌面上。

老吴转过头与小陈交谈，转头瞬间朝我这边看了一眼，看见我放在桌上的皮包后，他把手从椅背上收了回去。同一时刻，在不远处的两个不同位置，两名便衣警员见状也放下心来，分别用各自隐秘的方式，向同事传达了当前平安的信息。

四天前，我们抵达 A 国，迅速与当地商会和华人组织取得联系，情况比我们预想的还要复杂，条件也艰难得多。这里不仅没有现代科技助力，缺乏技术侦查手段，更得不到当地政府的支持。而且，A 国不禁枪，街头随处可见持枪的人，其中又以 AK47 居多。

在踏上非洲的土地之前，这些感触很难真切体会。这是个刚从战乱中解放出来的非洲小国，中国政府向其提供了无偿援助，助力修建铁路、居民楼，推动其他各项战后重建工作。原本贫瘠的土地，正因这些努力而充满生机。中国人正携手非洲人民，共同重建一个幸福安宁的家园。

街道上，正在施工的建筑工地随处可见，那种百废待兴的热烈氛围，很像三十年前经济刚刚起步的鲲城。

尽管世界各国文化千差万别，不同地区秉持的生存理念和价值观也大相径庭，然而在经济发展初期，犯罪类型大致相似。

和大使馆沟通后，我们才知道，这里的犯罪状况远比华人商会描述的要严峻得多。人口贩卖、绑架、凶杀、黑恶组织肆虐、毒品贩卖，犯罪形式五花八门。虽说来之前我们已有一定的心理准备，可真正到了这儿，才切实犯起愁来。连自身安全都难以保障，又如何能维护海外华人的合法权益呢？

非洲的气候潮湿闷热，几个刚执行完外勤任务的同事一回来，就迫不及待地凑到空调出风口前，试图驱散满身暑气。户外那强烈的紫外线，照得人头晕目眩。

已经是第五天了，大家都一筹莫展。每天外出查完线索，回到酒店，都要进行一次各小组汇报，汇总信息，研究下一步侦查方向。

"地名不知道，语言也不通，连受害人也见不上，干着急。"某省厅打黑大队长一脸无奈地说。

这几天，我们依照大使馆提供的受害人联系方式，逐个打电话过去。然而，令人意想不到的是，受害人一听我们是从国内赶来的中国警察，都吓得不敢多言。有个人甚至直接说："你们待不了几天就得走，要是抓不到绑匪，我们却还得继续在这儿工作生活，那处境只会更糟糕。"正因如此，他们都不愿配合我们的工作。

"怎样才能找到愿意配合的受害人呢？我们今天通过老乡关系，终于找到了一位受害人。这是我们的笔录录像。"一位警官说。

视频画面上出现两位民警和一位受害人。按照办案要求，所有的笔录都必须录音录像。视频画面上的受害人，穿着很普通，不像有钱的样子，无论如何也和"富豪"二字联系不起来。他怎么会被绑架呢？

"当时被绑架是什么原因？"两名便衣民警问。

"他们因为知道我在搞工程嘛，可能就觉得我有钱嘛。"受害人答。

"绑匪要你多少赎金？"

"哦，一开始讲的三万，后来呢要了二十万。"

"美元吗？"

"美元。"

"绑匪怎么绑你的，怎么限制你的人身自由？"

"嗯，他们先是把我给捆起来嘛。就是用电线捆。拿枪威胁我，在这儿买枪很便宜，几百美元就能买一支冲锋枪。"

酒店内很安静，空调吹出的冷气，化作丝丝缕缕白色的雾气。老吴随手拿起笔记本，轻轻扇着，他身上衬衫胸口的位置，还残留着尚未干透的汗渍。

"刚才有个中国女子来酒店找我们，说是大使馆的张主任让她来找我们报案的。她给我们送来了这个。"警官小陈推门进来，手里拿着一个 U 盘。

"里面是什么？"

"是录音。那个女孩的弟弟被绑架了，绑匪给她打电话索要赎金的过程她全录下来了。"

"听听，是哪里的口音。"

小陈将 U 盘插入电脑，紧接着，一组清晰的对话声便播放了出来。

"我一定要见到我弟弟，这钱我才会给你。"

"这不可能。"

"为什么不可能？你要的是钱，我要的是人，一手交钱一手交人嘛。"

"这种事没有一手交钱一手交人的，我就问你，让你听到你弟的声音行不行？"

"听到我弟的声音有什么用啊！我把钱给了你，你再把他害了，我怎么办？你替我想想。"

"你钱给我了，我会告诉你去哪里接你弟，知道吗？"

"你如果说话不算数，我怎么办呢？"

"你不相信，我也没办法。"

"不是不相信，一手交钱一手交人，这是很合理的。"

"没有这个规矩，我可以让你听到你弟的声音，如果说这样你还不行的话，我跟你讲，钱我也不要了。"

"我一定要见到我弟才会把钱给你，我不想人财两空。"

"那没事，那你到下面去找你弟。"

"那你一分钱也得不到。"

"我跟你讲，那我不要了，我一分都不要了。"

"大哥，你跟我有仇吗？"

"嘟嘟……"

听到绑匪的电话挂断声，大家抬起头，互相看了一眼。

"去找商会的人过来听听，能不能听出这个绑匪的声音。"

在等商会的人过来时，小陈补充介绍道，受害人和姐姐是江苏人，姐姐先来 A 国打工，发现这边生意好做赚钱容易，便让弟弟也过来了。没想到弟弟才来三个月，就被绑架了。绑匪索要二十万美元的赎金。

从这段声音里，我们听出了些许闽南口音。虽然绑匪讲的是普通话，但还是有一点闽南口音。

"好，这段录音很有价值。这个姐姐很勇敢，不仅敢把绑匪的声音录下来，还愿意提供给咱们公安机关，非常好。咱们就顺着这个声音查下去。"

"好。"

"有没有报案人提供视频资料的？"陈局问小陈。

"有一个华人超市的枪杀案，有超市监控录像。"小陈说。

这是一家由夫妻二人经营的小超市，夫妻俩三年前来到此地开超市赚钱。超市二十四小时营业，他们招了一名帮工，而这位帮工正是本案的受害人。监控视频显示，在当天下午三点二十七分，一名非洲裔男子骑着摩托车抵达超市，径直走向超市后方的肉铺，对着受害人连开三枪，致使受害人当场死亡。随后，嫌疑人抢走超市里的现金，驾驶摩托车逃离了现场。

小陈说，他们走访了超市老板，老板也姓陈。陈老板称超市被抢过两次，视频里呈现的是第二次被抢。第一次被抢发生在一个月前，当时来了三个中国人，这些人不仅抢钱还打人，抢完后若无其事地走了，没有丝毫慌张的样子。陈老板十分气愤，他觉得中国人抢劫中国人，实在是丢中国人的脸。

"通过实地勘查，我们发现了本案的几个疑点。其一，嫌疑人进入超市后，先是枪击了位于超市后方的女员工，其后才进行抢劫。其二，我们了解到，附近多数华人经营的小饭店、小超市都有交纳保护费的情况，而这家超市的老板，是在一个月前才开始交保护费的。其三，是超市的入口相关情况。"小陈指着视频继续介绍道：

"超市仅有一个入口，而且十分狭小。经测量，其宽度有一米左右。据老板说，这是他特意设计的，这样就算只有一个人看店，也能照应得过来。在门口柜台的对面，一整面墙都摆放着酒。这么做一是因为酒比较贵，放在此处便于看管；二是当有人经过这条狭窄过道时，看到酒瓶子就会格外小心，方便看店的人观察。

"从视频录像来看，凶手进入超市时目标非常明确，径直走向超市后方开枪杀人，完全没有观察超市的情况。而且，凶手两次经过入口，特别是在杀完人离开时，竟然没有碰到任何一瓶酒，这也进一步证实了一点，那就是凶手十分冷静。也就是说，可以推断这次凶杀案是有预谋的。

"从犯罪动机角度分析，这名女帮工不会外语，平日仅活动于华人区。经走访得知，她未曾与他人结怨，几乎没什么存在感，她孤身一人，日常联系最多的人，便是超市老板。

"并且，大家对于这个非洲裔嫌疑人的印象都很模糊，描述的也是各不相同。就目前得到的这些描述，我们根本无法将其与视频中的嫌疑人特征对应起来。在这里，我想说一个很可能会被大家忽视的点。

"我们看老外的时候，常常会脸盲，觉得他们看起来都差不多。那么反过来想，老外看我们会不会也觉得长得都差不多呢？

"综合以上这几个疑点，我们有一个大胆的推测，提供给大家参考。我们推测，这起看似随机发生的抢劫案，背后或许有中国人在暗中指使，通过买凶来实施犯罪。他们这么做的目的大概率是扰乱华人社区的安稳，从而达到收取保护费的目的。杀害这个女员工，更多是为了起到恐吓威慑的作用。

"据华人商会的人说，只要花八千到数万美元不等的价钱，就能买凶杀人。凶手杀完人后，只要逃出边境，哪怕是 A 国警方也毫无办法。"

小陈汇报完毕，接下来轮到我们鲲城组汇报。

我们组主要负责侦查拐卖人口案件。据国内报案人提供的情报，他是在芭芭拉夜总会结识的受害者，因此，芭芭拉夜总会就成了我们重点调查目标。另外，我们来到 A 国后了解到，黄老板曾多次遭遇绑架。进一步调查发现，黄老板最常光顾的娱乐场所同样是芭芭拉夜总会。这就是昨天我们会同时出现在那里，试图寻找线索的原因。

"我们组经过昨天的调查，有了新的线索。那位前后七次遭到绑架的黄老板，其现任妻子曾是芭芭拉夜总会的小姐。当时，黄老板为了给她赎身，花费了十万美元。而黄老板开始遭遇绑架，恰恰是在与她结婚之后。这七次绑架，绑匪索要的赎金都在十万到二十万美元之间，每次都不会超过二十万美元。

"今天上午，我们与商会里其他几位被绑架的人进行了确认，发现他们被索要的赎金各不相同，其中不少人被索要的赎金超过二十万美元，最高的甚至达到八十万美元。然而，当询问起绑架的具体细节时，他们表示在和绑匪沟通时，并没有讨价还价的余地。一方面是因为语言不通，双方交流困难；另一方面是绑匪态度非常强硬，说多少就是多少。但值得注意的是，绑匪索要的赎金额度，都没有超出受害人能够承受的范围，换言之，受害人都能拿出这笔钱来支付赎金。

"这让我们感到困惑，若是外国的绑架团伙，他们是通过什么办法，对一个中国人的财力作出精准判断的呢？假设是同一伙惯犯作案，他们索要赎金的金额，应该会有个普遍的'江湖规律'，或者说是标准。可这伙人却能对被害人的财力判断得相当准确，不仅能尽可能多地拿到赎金，还不至于让受害人伤筋动骨，使其仍能在当地继续做生意。

"我和小陈的推测相近，我认为绑架案背后也有中国人指使实施犯罪。芭芭拉夜总会不仅牵扯人口贩卖，极有可能还与黑社会组织犯罪有关，很可能是犯罪分子用来收集情报、物色目标人物的场所。"

但是也就是到此为止了，甚至这些推测都缺乏事实去支持。

如何找到犯罪嫌疑人，一点思路都没有。就算找到了，抓捕也是个大难题，中国警方在境外没有执法权，而且，我们没有武器、没有技术支持，在这样的环境下，很难开展抓捕行动。

那些人们对经济发展充满期待的地方，往往也容易成为犯罪的"温床"。当下 A 国随着战后经济复苏，各国商人纷至沓来进行投资，部分华人也来到 A 国。这些华人中，一部分是参与中国援助 A 国项目的国企职工；另一部分则是来自国内各地嗅觉极为敏锐的华商。他们依靠全球商会提供的信息，一旦了解到哪个国家存在商机，便会蜂拥前往。最早踏入 A 国的商人赚了不少钱，他们的成功吸引了大量投资者拥入。

A 国百废待兴，万物复苏，这里孕育着无限商机，同时也暗藏着无限杀机，一切都来自人类无法控制的欲望。

这次在 A 国开展的跨国办案行动，是中国警察首次走出国门执行此类任务。以往虽存在国际合作，但大多是在国际刑警组织的框架下，由各国协同制裁犯罪。比如，签署了《引渡条约》的合作国，能够将在本国犯罪后逃往国外的重大犯罪嫌疑人引渡回国，使其接受本国法律的制裁。然而，像此次从侦查阶段就开始，向 A 国派驻几十人的办案工作组，与 A 国方面共同开展侦查、抓捕、解救以及遣返回国等一系列工作，这在以往是从未有过的。

此次行动是我国驻 A 国大使馆上报，经 A 国总统批准，再由我国高层经过慎重研究后，派出的一个特殊工作组。我们工作组肩负着双重重要任务：既要全力保护海外华人的生命财产安全，又要将危害 A 国当地社会治安的中国籍犯罪嫌疑人遣返回国，为 A 国的经济发展和社会治安扫除障碍。

A 国特殊任务的总指挥是杨德众和刘国栋。杨德众局长在国内公安部，负责调集各省刑侦资源，随时为我们提供有力支持。打个比方，要是我们在这边查到了安徽籍受害人的姓名和身份证号，德众局长会第一时间直接致电安徽省公安厅刑侦总队的一把手，安排他们迅速查清此人的所有情况，并及时反馈给我们。这些信息对我们来说太重要了。在 A 国办案的过程中，我们无法动用任何常规的侦查手段，只能依赖最传统的走访、调查和推理方式，这对侦查员的办案能力是极大的考验。而德众局长，就如同团队中的定海神针，无论我们在国外遇到什么难题，他总能和师傅刘国栋一起想出最佳的解题方案。

师傅亲自带队来到 A 国，与我们并肩作战。经过这一次特殊的任务，我对师傅有了全新的认识。在 A 国执行任务期间，他所展现出的不仅是高超的侦查办案能力，更厉害的是他还具有出色的外交能力。

"你们瞎操什么心？抓人这事儿，你们不用管，我和老刘会想办法，你们就把心思放在确定抓捕对象上。"德众局长总是这样，举重若轻，把大事说得轻描淡写，仿佛不管什么难题到了他那儿，都能轻松化解。他的话让我们再次充满了干劲。

这世上总是有这样的人，他说的话你相信。

杨德众在我们心中，正是那种令人毫无保留信任的人。他大学一毕业就当了刑警，三十多年来，脚踏实地，逐步成长为专家型领导。他和刘国栋不同的是，刘国栋活跃在刑侦破案的一线，作战指挥经验十分丰富，热衷于在一线直面案件，掌控全局。而德众局长则更倾向于退居幕后，为年轻人创造发展的机会。这么多年来，他主要做了两件意义非凡的大事，即建立机制和培养队伍，从制度建设上帮助年轻刑警成长为能够独当一面的刑侦专家。

早在杨德众担任调研处长时，他就负责管理专家组，按照局领导的部署，选拔一批来自全国各地、有"绝活儿"的破案高手，设立"公安部特邀刑侦专家"制度。这一举措，让刑事技术人才看到了职业发展的广阔前景，使得权威专家能够享受到比行政领导更优厚的待遇。正因有了这项制度，从最初的"刑侦八虎"到如今的"刑侦三十大将"，几乎每个省份都有权威刑侦专家参与指导办案，进而培养出了一大批优秀的年轻刑警。

杨德众在担任刑侦局长之后，积极推动与国家媒体建立长期合作，创立了年度"百佳刑警"评选机制。这一机制让身处最基层的刑警有机会被看见，极大地鼓舞了基层刑警的士气。他尤为关注民生案件，将拐卖妇女儿童犯罪、老人保健品诈骗、电信诈骗等案件，看得和命案一样重要。他擅长整合社会各方力量，共同参与社会治理，将公安机关的打击防范工作与老百姓的预防教育紧密结合。在他的努力下，先后建立了公安部儿童失踪信息紧急发布平台（团圆系统）、养老诈骗举报热线、警企合作电信诈骗合成作战平台（后来升级为国家反诈中心）。他就像一位大家长，心里装着民生关切的事情，并且紧盯每一项工作的落实情况。他说要全心全意为人民服务，他做到了。

德众局长有个"绝活儿"，能让属下从信任到服气。他的眼神特别锐利，当你办案遇到困难，不好意思跟他开口时，他只要盯着你看一会儿，就能帮你想出解决办法。他从不介意我们给他找麻烦，还总说乐意帮我们收拾烂摊子。

德众局长就如同一棵枝繁叶茂的大榕树，树冠宽阔，独木也能自成一片森林，给人一种"大树底下好乘凉"的安全感。记得有一回在东北，对于我们这些长期在南方生活习惯了的人来说，那里的寒冷实在难以忍受。去山上查看现场时，大家都劝德众局长留在车里，可德众局长却出人意料地说："这多爽！冻死迎风站。"

我们听了都哈哈大笑起来，这么一笑，竟都不觉得冷了。积极乐观的情绪仿佛有魔力，总能轻易感染身边的人迎难而上。

几天过去，案件仍然没有什么进展。我看向窗外，这座城市里大多都是杂乱的低矮建筑，远处有冒着烟的工厂。

在黑人和华人有交集的地方不像 A 国。那里的集市，更像国内的小商品市场，或者是县城的集贸市场。

我们两人一组，乘车外出时发现，大部分黑人光着脚不穿鞋。可在华人聚集区附近的黑人却穿着鞋，他们对中国产的拖鞋尤其喜爱。我看了下价格，一双拖鞋十块钱，和国内一样，只是标签上的人民币变成了美元，十美元一双。小孩玩具、打火机之类也如此，同样的东西，利润是国内的七倍，难怪很多商人不惜冒生命危险来这里做生意。

追逐金钱与欲望，仿佛是人性难以摆脱的弱点。马克思在《资本论》中指出：只要有 10% 的利润，资本便会被广泛运用；有 20% 的利润，资本就会活跃起来；有 50% 的利润，资本就会冒险行事；为了 100% 的利润，资本敢践踏一切人间法律；有 300% 的利润，资本就敢犯下任何罪行，甚至不惜冒被绞首的危险。

如果不把货物运输成本、货物损坏的风险成本计算在内，从中国向 A 国做外贸的利润接近 600%。看着眼前遍地堆满的小商品，对商人而言，这不就是金山吗？那对于想不劳而获的犯罪嫌疑人来说又是什么呢？

我忽然有了一个想法……

回到酒店，我难掩兴奋，向大家说出了我的想法：策划一场假绑架案，以此引蛇出洞。

大家一听，顿时眼前一亮。随后，我们围绕其中的细节展开讨论，仔细斟酌行动的可行性，最终这项行动得到了批准。

我找来了黄老板，说服他同意配合一次"被绑架"。

一辆皮卡车从华人商会门口疾驰而过，车上扔下一个包裹。包裹里有一张黄老板被五花大绑的照片，还附有一封黄老板亲笔写给商会的信。信的大概内容是，我是黄某某，我被绑架了，需要在三天内凑齐五百万，要是凑不齐，他们就会把我浑身浇满汽油烧死。快去告诉我老婆，一定要帮我凑够钱，钱实在不够的话，请商会借她一些。三天之后等电话，按指示交钱。一定要救我啊！

商会的人看到照片和信后，立刻就转告了黄老板的老婆阿杏。阿杏吃惊地问送信人："信怎么会送到商会了？"

"不知道，是不是黄老板怕绑匪知道你的地址，或是担心你凑不够钱想让商会帮忙。"

阿杏很担心，说先去想法子凑钱，要是实在不够，就向大家开口求助，哪怕用资产抵押也行，无论如何都要把老黄救出来。商会的人也都觉得黄老板太可怜了，算上这一回，都已经是第八次被绑架了，真是个倒霉蛋。

而黄老板此时正在我们入住的酒店睡大觉。起初让他配合行动时，他兴致颇高，只当是一场有趣的游戏。拍摄被绑架的照片时，他还积极出谋划策，说这种事他经验丰富。事实证明，他确实帮了大忙。毕竟当地的绑匪不怕警察，手段都很业余。要是我们做得过于专业，反倒会显得不真实。

我和同事坐在车里，紧盯着商会门口。没过多久，黄老板的妻子阿杏就出来了。她长相漂亮，看上去不到三十岁，穿着一件紧身长裙，身上披着一块非洲女人常披的那种大方巾。她全身上下都是大牌，肆意展现着自己的身材与财富，这让我心中的怀疑又加深了几分。

阿杏走出商会后，神色紧张地开车离去，她开的也是一辆皮卡车，在当地皮卡车非常盛行。我启动车子远远跟上。她开着车很快驶入华人区，绕过了贫民区，从高速上直奔富人区。

A 国的贫富差距很大，富人区与欧美国家的社区很像，现代感的建筑，小区门口有保安，环境优美，也很干净，很有现代都市的感觉。

阿杏在城区一家高档咖啡厅外停车，下车走了进去。我们则把车停在稍远一点的地方。

我和同事相互看了看，同事比我胖一些。他心领神会，在车后座换了衣服，扮作一个当地的土老板，拿上手机也走进了咖啡厅。

咖啡厅里没什么人，阿杏挑了个偏僻的角落坐下，看样子是在等人。同事没有凑过去，而是在远处找了个位置，点了杯咖啡，盯着阿杏。

我绕到咖啡厅对面远处的立体停车场，拿着望远镜观察着咖啡厅里的情况。

不多时，一个身着花衬衫的男人坐到阿杏对面。两人交谈了片刻，男人看上去很惊讶，脑袋不停地摇着。

又过了一会儿，那个男人起身走出咖啡厅打起电话。等他再次返回，两人像是已经达成了协议，只见阿杏从包里拿出一个信封，递给了对方。

这个信封，正是之前装着黄老板被绑照片和手写信的那个，只是眼下看起来厚了不少，像是塞满了钱。里面装的如果是美元，大概会有两三万的样子。

男人拿了钱就走了，同事给我发了信息，我把车开出来，跟着他。

男人似乎很着急，一路驾车开到了芭芭拉夜总会。我心说，这就对了。我在芭芭拉夜总会附近选了一家小餐馆，点了些小菜，一边和老板有一搭没一搭地闲聊，一边留意着夜总会那边的动静。

现在正值中午，芭芭拉夜总会晚上才营业，此时到夜总会的人肯定不是顾客，极有可能是工作人员。其实黄老板多次被绑架的经历，让我觉得不对劲。一个人被绑架七次，这实在没法用"巧合"来解释。一般人被绑架一两次，就会心生退意，就算舍不得挣钱的机会，也会采取更周全的防范措施。可黄老板却像个缺心眼儿，甚至可以说他似乎是坦然接受了被绑架的命运。

这种反常的现象表明，黄老板的心理被摸得透透的。赎金该要多少、折磨到什么程度、被绑架后怎么安抚他的情绪，这些全都拿捏得恰到好处。只有这样，黄老板才可能继续在 A 国做生意。但凡其中某个环节出了差错，比如折磨得太狠，或是赎金要得过高，黄老板可能就承受不住，彻底放弃了。

我觉得，黄老板的老婆阿杏嫌疑很大。在黄老板身边的人里，只有她有这个本事。她以前是芭芭拉夜总会的小姐，懂得如何拿捏男人，对黄老板的经济状况也了如指掌。就算黄老板心生退意，她也能从心理上给予安慰，让他打消顾虑。

要是顺着这个思路推测，极有可能是阿杏与芭芭拉夜总会的黑恶势力相互勾结，把黄老板当成待宰的羔羊，每隔一段时间，等"羔羊"养肥些，他们就策划一次绑架捞一笔，之后再由阿杏安抚，把黄老板变成了他们源源不断的赚钱工具……

如果我的推测没错，那么黄老板真被绑架时，对阿杏和芭芭拉夜总会背后的人而言，都是一场考验。他们得全面评估黄老板可持续利用的价值。要是觉得黄老板没利用价值了，黄老板可能就会成为弃子。要是认为黄老板还有用，他们或许会动用黑恶势力的关系查找黄老板的下落，这也正是我们引蛇出洞计划的出发点。

五百万的赎金，是我们根据黄老板的资产，经过深思熟虑后盘算得出的结果。黄老板的资产总计有数千万元，其中工厂、重型机器设备等固定资产占了绝大部分，并且黄老板最近刚接到新工程。我们判断，对方会考虑到黄老板的可持续利用价值，从而选择出手相助。

当下我们要做的，就是等待对方有所行动。

一个多小时后，先前那个穿花衬衣的男人从芭芭拉夜总会出来，驾车离去。

花衬衫男人的车驶进了一片贫民区。我们之前来过这儿，这片区域治安相当差。随处可见用茅草搭建的临时住所，地上垃圾堆积如山。

A 国地处赤道附近，一年到头都很热，这里没有四季之分，只有旱季和雨季之别。在这片土地上，各式各样的热带水果于路边自然生长。我们刚来时，还对路边众多野生的杧果树和香蕉树啧啧称奇，树上结出的果子个头都非常大。此外，这里还有一种叫作猴面包的树，树上成熟的果子，打开后内里有点类似木薯粉，煮熟后可当作主食。所以在 A 国，即便是穷人，也能凭借这样的天然气候优势，不会挨饿受冻。

然而，A 国工业匮乏，诸如牛奶、肉类、布料以及日用品等物资，都依赖进口，且价格高昂，穷人买不起。也因此，中国商人带来的各类物美价廉的小商品，在 A 国人眼中，是高档生活用品。

这个贫民区里聚居着许多不知从何处逃难而来的人。他们没有工作，生活困苦，有时仅仅为了一瓶牛奶、一块牛肉，甚至一盒方便面，就会去抢中国人开的超市。听说中国产的方便面在 A 国特别受欢迎，我们工作小组在这儿待的时间长了，吃不上中餐，有时馋了，竟也觉得方便面挺好吃的。

等花衬衫男人开车驶入村子后，我也缓缓驾车跟进。这是一条从黄土大路旁辟出来通往村子的小路，恰似鲁迅先生所言"世上本没有路，走的人多了，也便成了路"，这条路就是靠村民走出来的。

远远望去，我瞧见小土坡上错落着一些土房子。在一棵大树下，横七竖八地躺着十几个皮肤黝黑的男人，看样子像是本地的村民。

这些村民身上都有枪，见我的车靠近村子，他们缓缓朝我围拢过来。他们一步步靠近，我也慢慢降低车速，最终车停了下来，这时他们已将我围住。我忽然有点担心，他们的眼神不太友好。

此时说不害怕是假的，我脑子里不知道为什么就想到了他们会不会把我煮了吃。我快速闪过一个念头，拉开车门主动下车。

这几个黑人兄弟不清楚我想做什么，就在最前面那个人刚要举起手中的枪时，我笑着朝着他们，用我仅会的几句葡萄牙语大声喊道：

"朋友！朋友！阿米古！"

我张开手臂，像是要拥抱一般，朝着为首的那个黑人迎上前去，接着与他握手。就在握手的瞬间，我把手中的美元悄悄塞给了他，满脸笑容地说：

"朋友，阿米古，你，you，你家庭，我，保镖，钱！"

"钱？"

"钱！钱钱钱，你，钱，你家庭，钱，保镖，我，钱，很多。"

周围的黑人兄弟一下子都朝我涌过来，好在刚才我塞钱的那个黑人用力把他们推开，嘴里骂骂咧咧的。接着，他从人群里拽出一个人，看样子像是他的兄弟，随后朝我伸出手来。

"兄弟？"

"是。"

"兄弟，好。"我又通过握手给了那个黑人兄弟钱。他低头看钱，其他人也凑过来看。我赶紧说："你，他兄弟？"说着我就要握手。

结果第一个拿到钱的那个黑人兄弟不愿意了，急忙推开那个凑过来的黑人，然后冲我摇头。我笑着问："兄弟，几个？"

他哇啦哇啦说了一大通，见我一脸茫然，便伸出六根手指。我点头说："好！"我们都笑了。随后他就冲着不远处的小屋大喊，不多时，我就被六个黑人兄弟保护起来了，当然，我也花光了身上的钱。我告诉他们：

"你，你，你兄弟，我，走，钱！"我连说带比画，结果就是回去的路上，我的车上坐了六个黑人保镖。

在同事与商会翻译员的协助下，我佯装成打算来此地做生意的商人，害怕遭遇绑架，想请几个黑人兄弟给予帮助。一番交谈后，我逐渐摸清了这片区域的情况。

他们说，保镖的活儿他们不干，不过之前有中国人找过他们，让他们帮忙绑人。另外，如果我被绑架了，他们可以帮忙寻人，找到之后，还能帮着和绑匪谈价格，当然，这些都得收费。

他们直言，要是想雇他们杀一个人，得给两万美元。他们会找外面的难民充当杀手，还得再给杀手几千美元。对于绑架这种生意，他们都很乐意做，还说其他中国人通常只找另外几家干这事儿，整个流程他们都清楚。他们毫不避讳，直言中国人绑架起来容易，给钱也爽快。

我给了他们一笔钱，叮嘱他们不要把这事告诉别人，强调绑架的事要秘密进行，对外只说我们在找人就行。还告诉他们，过几天我会再找他们。交换了联系方式后，他们便离开了。

我们的推测得到了证实，接下来，最大的难题便是锁定犯罪嫌疑人，确定抓捕范围。德众局长和师傅很快达成共识。尽管我们工作组身处国外，仅有十几个人，但国内每个省份都有刑警，这股力量犹如千军万马。

德众局长负责在国内统筹协调，调兵遣将，迅速组建起由国内多个省份联合办公的协查小组，并安排二十四小时值班，以对接我们随时发出的协查需求。不管何时我们联系国内，几乎都能得到秒回，完全感受不到时差的影响。

在强大的协作体系下，就没有查不到的信息。国内的协查小组，整合境外境内的资产数据，比对出入境人员信息，逐一进行细致分析。不管是假护照，还是假照片，都无法逃过刑警凭借专业素养与敏锐直觉所做出的逻辑判断。几百名民警轮番上阵，不眠不休地投入工作，经过不懈努力，终于顺藤摸瓜，锁定了17名主要犯罪嫌疑人。

接下来就轮到师傅刘国栋出场了。

那天，我们工作组全体成员与师傅刘国栋一同走进中国驻A国大使馆。在大使的全力支持下，我们工作组与A国司法部门迅速组建联合指挥部，果断决定开展一次集中抓捕行动。但在A国，抓捕行动要经过检察官批准，需要我们提交充足的证据，才能够获批行动。

这次集中抓捕行动预计需动用大量警力，为保证行动万无一失，我们决定兵分三路开展工作：第一路，由师傅刘国栋亲自牵头，与大使一同拜访A国内政部副部长、监狱管理局局长、刑事侦查局副局长以及国际合作局副局长，意在获取 A 国高层对此次行动的明确支持；第二路，由吴局带队前往联合指挥部，与 A 国刑事侦查局仔细核对犯罪嫌疑人的位置及相关信息，确保信息准确无误；第三路，在国内针对已经回国的犯罪嫌疑人提前实施抓捕行动，并迅速展开突击审讯，力求获取更多证据，为整个抓捕行动提供有力支撑。

"马上准备出发，咱们开个短会……"

几天后，行动正式展开。A 国总统卫队迅速出动，对七处娱乐场所和两处园区同时发起快速抓捕行动。十几辆军用卡车在夜色中疾驰，车上满载着荷枪实弹、全副武装的 A 国军人与警察，每一辆车上都安排了一名中国工作组成员以及一名翻译。大家紧密配合，按照既定目标，在夜幕的掩护下一路前行。最终，行动取得了重大成果，成功抓捕了 57 名中国籍犯罪嫌疑人，同时解救出 74 名被拐卖妇女。

中国不惜耗费巨资，包机将在 A 国落网的 57 名犯罪嫌疑人以及被解救的妇女接回国内。这一彰显大国担当与责任的举动，引发了国内外媒体的广泛关注，进行了大篇幅报道。一时间，此次行动在海外华人圈中掀起了轩然大波，激起前所未有的强烈反响，大家纷纷为祖国的强大和作为点赞。

"我们就是要让海外华人知道，让全世界的中国人知道，中国人在外面受侵犯了，有人管，中国的坏人跑到国外去干坏事，也有人管。是中国人，就要做个堂堂正正的中国人，犯我中华者，虽远必诛。"德众局长事后对我们说。

"后来，把这伙人全审完才弄明白，这里可不是一两个团伙在作案，而是一群唯利是图的家伙在搞事情。这群家伙凑一块儿弄了个绑架黑名单，但凡看着有点钱、在这儿做生意的华人，他们都会找机会下手实施绑架。那个弟弟被绑的事儿，就是因为绑匪看见他姐姐天天穿名牌，认定她有钱，刚好她弟弟刚来，就把弟弟给绑了。绑匪还说，没想到那姐姐这么难搞，翻来覆去跟他们谈条件，烦死了。还有更奇葩的，那个被绑了七次的黄老板，绑匪交代说是老黄拐走了他们夜总会的头牌小姐，他们就按包夜的价钱找他算账，隔两个月绑一次，还说这是正常收费，不算绑架。你说这叫什么事儿啊！哈哈哈哈……"师傅说着，那爽朗的笑声又把我们的情绪给带得高涨起来。

在A国的这段经历，让我们工作组成员之间结下了深厚友谊。此后的许多年，我们仍会常常聚会，回忆那段令人难忘的办案经历。

回国之后，我们工作组里有不少成员被评为当年的"百佳刑警"。当家人与朋友们在国家媒体上看到我们身披绶带、佩戴奖章接受表彰的画面时，当女儿对我竖起两根大拇指、满脸骄傲地说"爸爸，你真厉害"的那一刻，作为一名刑警，心里那份由衷的自豪感油然而生。

2023年，全年，中国盗抢类拐卖儿童发案率首次为零。

2024年，全年，中国盗抢类拐卖儿童发案率持续为零。

2021年开展的"团圆行动"，在全国公安机关的通力协作下，通过广泛应用DNA技术，找回了近两万名多年前被拐卖的儿童。在立法层面，"买方入刑"已将收买儿童列为违法犯罪行为。根据《中华人民共和国刑法》第 241 条规定，收买被拐卖的儿童的，处三年以下有期徒刑、拘役或者管制。

拐骗、买卖儿童以获取暴利的黑暗时代，画上了句号。

回首 2009 年，德众局长代表公安部刑侦局，在电视屏幕上，向全国人民庄重许下"天下无拐"的宏愿。历经多年不懈努力，这个愿望已成现实。

十一、十面埋伏

这些年，命案、抢劫、绑架、黑恶势力越来越少，全国命案发案率大幅下降。随之而来的是各种网络犯罪，尤其是网络诈骗日益猖獗。

我是个专门搞传统刑事侦查的人，在传统刑事案件的侦破方面，也算得上是个行家。然而，碰上电信网络诈骗这一块，我就感觉有点力不从心了。你说这些骗子，和受害人既无冤仇，也不认识，都不用见面，仅仅是动动手指敲敲键盘、打几个电话，就能把众多受害人蒙住，心甘情愿地给他们转钱。

这种侵财类案件，与谋财害命的案件相比，乍一看危害似乎没那么大，毕竟只是图财，不会要人命。

这几年，电信诈骗犯罪越发猖獗，所有犯罪线索都隐匿在网络之中，我实在是摸不着头脑，只能依赖网侦部门的支持。以前，网络侦查仅仅是辅助我们刑侦工作的一种工具，可如今，大量案件都发生在互联网领域，如果不学习一些网络技术，真就觉得自己跟不上时代了。

在某种程度上，我是个"土包子"。对于手机和网络，我实在是不擅长。我的手机使用仅限于打打电话、发发短信，还能用个手机付款、网上购物，对我而言这已经很不错了。至于用手机点外卖、寄快递这类操作，对我来说就有点难了。我觉得总会有人和机器不对付，我就算是一个。同样的操作，手机在别人手里服服帖帖，到我这儿就老是闹别扭。每次一看到手机上跳出各种错误提示，我就忍不住想爆粗口："去他奶奶的，老子不玩了！"

好在我也快退休了，这些案件的事就交给年轻人去办理，我只听听汇报，帮他们分析分析、判断判断，这样也不至于露怯丢人。可碰上自己的事儿，比如交话费、网购退货，或者选择流量套餐之类的，我还真拉不下脸找年轻同事帮忙。女儿每天也很忙，我有几次打电话向她求助，对着电话我就忍不住吹胡子瞪眼，折腾了一个来小时，她在电话那头急得不行，远程指挥半天，最后啥也没弄成。这可把我气得够呛，忍不住又骂手机："去他大爷的，不整了！"

要说还是社区贴心，社区周围有不少小年轻组织的老年保健活动，我路过的时候，看到好多老人找他们帮忙。一开始我站得远远的，观察发现好多老人不只是手机使用问题，就连家里不会用的小电子设备，也都拿去找小年轻帮忙。不管最终帮没帮成，那些小年轻一口一个"爷爷""奶奶"，叫得特别亲热，听得我心里都舒服。

后来我碰到手机操作问题，也去找他们请教。他们不仅热心帮忙，还会给我们普及保健知识，组织我们去听讲座。每次来讲课的人都自称是"中科院教授"，课上还会向我们推销一些保健食品和保健用品。那些东西原价动不动一两万，对我们老年人有优惠，几千块就能买到。而且买得越多，优惠力度越大。我常常一下子买三份，我和妻子各一份，再给女儿也备上一份。我心想着，我把身体管理好，健健康康的，将来老了不给女儿添麻烦。

一个周日下午，我们正在社区老年人活动室听讲座，"中科院的教授"在台上讲得正起劲儿，突然，一群穿各式制服的人冲了进来。看这阵仗，应该是联合执法行动，这群人里有警察，还有工商、税务、食品药品质量监督局的工作人员。我顿时吃了一惊。

后来得知是杨德众局长亲自下令开展的一次专门针对老年人保健品诈骗的联合执法行动。我一下子羞红了脸。杨局得知我这个四十年的老刑警也被骗了，哭笑不得地说："老李，不是咱笨，这些被骗的老同志很多还是老干部呢，哪个都不笨。实在是这些骗子太可恶，再不打击，他们把咱们的后院都点了。"

后来我才知道，那些组织活动的年轻人，同样也是受害者。他们以为是来给老年人提供帮助的，没想到竟被保健品公司算计利用，成了诈骗链条里的一环。

"老李，现在有不少年轻人都上当受骗了，他们不仅是受害者，也变成了加害人。这太可怕了，你去参加个活动，看看能不能出份力，引导年轻人走上正道。"

杨局说的那个活动，是部里即将举办的"六一"儿童节打拐反诈宣传活动。我一听就不乐意了，感觉这也太小瞧我了，咋就把我派去负责儿童防骗这一块了呢？

"六一"儿童节当天，我还是当成任务去了活动现场。在那儿，我偶然听到了一个程序员卧底诈骗团伙的故事，这可把我惊到了，我不禁感叹，现在的孩子和我们年轻的时候真是大不一样了。

在"六一"儿童节活动现场，我身旁坐着两位一看就是理工男的年轻人。从活动主办方为他俩安排的座位，就能感受到对这两位年轻人的重视。我满心好奇，他们究竟是做什么的？又为什么会出现在这里呢？

我们简单攀谈了几句，两位年轻人分别叫常青和易武，是程序员，也是团圆技术志愿者。而我是团圆专家志愿者。我不由得好奇地问：你们是"团圆系统"的开发者？

"是的。九年前，按照公安部打拐办领导的要求，我们运用技术力量，协助开发了那个团圆系统，也就是公安部儿童失踪信息紧急发布平台。"

"原来就是你们啊，我们一直在用这个系统，原来如此。"

我仍清晰记得刚调入鲲城打拐处时参加的那次全国电视电话会议；记得电视里分管打拐的杨局长对主持人说，要打造一个权威的全国失踪儿童寻找平台；记得杨局长对失踪儿童家长李静芝承诺，一定会帮她找回孩子；也记得在2021年全国公安机关开展的"团圆行动"里，李静芝的儿子毛寅被成功找回，历经三十二年后，母子终于团圆。

"我刚才听你们聊天，你们去卧底了一个电信诈骗的团伙？"

"对。"

面前的这两位程序员，被人们称作"龙虎兄弟"。中央电视台曾对他们进行过采访，他们以志愿者的身份，向公安机关举报网络诈骗团伙，协助二十六个省、市、自治区的公安机关侦破诈骗案件。

2016 年，常青和易武在网上察觉到一些异常情况。于是，他们化名小龙、小虎，前往一幢大楼某公司应聘，打算深入"骗子"团伙内部。

"你们跟领导汇报了，是领导同意你们去卧底的？"

"没错，最开始去面试的时候，我们主管跟我们一块儿去的。但人家嫌我们主管年纪大，没录用他。"

"你们领导支持你们这么做？这可能有危险的你们知道吗？"我忽然想到了小张，内心一紧。

"没啥危险，现在社会治安这么好。"

"哦。那你们继续说，面试之后呢？"

两人走进大楼，起初以为这家公司不过占用楼里的几间屋子，可进去后才惊觉，整栋楼都是它的地盘。从二楼开始，电梯门一打开，连绵不绝的 QQ 信息声就铺天盖地袭来。再看各个房间里，都坐满了二十多岁的年轻人。

"当时我们走进楼里，找了个年轻人，就跟他说我们想找工作，他便带我们去见了经理。"

"就这么简单？你随便找个人说想找工作，接着就见到经理了？"

"是啊，经理直接就面试了。"

一位经理接待了龙虎兄弟。那人只问了问两人的年龄、学历，会不会上网、用 QQ，谈没谈过恋爱，就告诉他俩可以来上班了。

常青说："我当时还纳闷，为什么问我们谈没谈过恋爱，直接问结没结婚不就行了。后来我们上班了，才知道，上这个班，最重要的就是学习谈恋爱。"

当时，龙虎兄弟顺利通过面试，交了两千块钱的培训费后就开始上班。起初谈好的薪酬是底薪五千，提成 40%。光看这高达 40% 的提成，就知道背后有猫腻，正常业务哪能有这么高的利润。

龙虎兄弟一上班，便着手熟悉工作内容。起初他们的任务是协助刷单，只不过公司对外不这么直白地说，而是声称他们的工作是负责运营与宣传推广。而所谓的培训，就是教他们如何操作手机，编写一些商品好评。

"当时我们每人刷了五单，顺利提现五百元。经理直夸我们做得很好，很有天赋。我们心想这是当然的，我们可是专业技术人员，刷单行为可是我们的打击目标之一。"

实际上，经理对每个新入职的人都会这么说。先收了每人两千元的培训费，再让他们简单刷个单，返还五百元。这点小恩小惠，经理不会亏本，还能让每个应聘者都觉得赚钱轻松，立刻就看到了回头钱。想着已经交了两千元的"沉没成本"，为了不浪费这笔钱，应聘者也会来上班。

"培训课程种类繁多，有专门针对我们这些新人开设的。课程主要内容就是教如何帮别人开网店，包括网店的运营规则、盈利方法、配货技巧以及选品策略等。说实话，在接触这部分内容时，我们都一度怀疑这家公司没准是正规的，毕竟培训课上讲的都是实实在在的知识。我们还会动手搭建一些小型网店，因为搭建速度快、设计效果好，我俩还被经理表扬了。"

"还有一门课程叫客户经理培训，和客服工作很相似。培训重点就是教我们如何和客户聊天，怎么说服客户选择我们，让我们帮他们开网店并负责运营。这个时候，公司就声称要锻炼我们的综合能力，让我们一人分饰多个角色，同时扮演店主、运营人员、广告策划、选品专员等。有时候，还会训练我们像和朋友交流一样，把客户当成朋友，给他们推荐我们的服务。"

"还有一些课程很有意思，很多人一起上话术训练课。那些话术内容很新奇，要求我们扮演女生。公司说女性天生更具亲和力，只要以女性的身份和别人交流，就能降低对方的抵触心理，这是成功拿下客户的一大法宝。"

"还有一些相对简单的课程，像是如何申请账号，怎样培养一个账号，头像该如何选择，QQ 空间要发什么样的内容，等等。"

就这样，两个人上午跟着学话术，下午学习向客户推销，晚上学习搭建网店、养账号，每天都被安排得满满的。

两人觉得公司氛围还不错，时常组织外出团建，晚上大家还会一起聚餐、唱歌。培训课上，经理还教男生使用变声器，用变声器讲笑话，逗得众人捧腹大笑。一群男生操着变声器模仿女生说话，那场面别提多滑稽了。

"刚开始，我们是以团队组合的形式开展工作，每个人的分工都很明确，谁是客服，谁是运营，谁是开店的，都安排得清清楚楚。还有专门的人把客户介绍给我们，我们也都认真地工作。但没过多久，我们就发现，其他人可不是这么干。"

培训结束后，经理拿出了一本小册子，龙虎兄弟打开一看，是一个剧本。

小册子上清楚地写着，怎样在网上找陌生人聊天，怎样以美女的身份和陌生人谈恋爱，怎样在谈恋爱中骗取对方的信任，邀请他开网店，共同创业，又怎样及时更换 QQ 号，变身为客服、运营、宣发等角色，一步一步让他离不开你。

当第一笔生意做成时，收益摆在面前，很震撼，只需要几天，一个客户，就能让我们赚到数千元。

帮助开网店 1888 元，替他运营 688 到 1588 元，选品 800 到 1600 元，包装、网店培训课、投资，这一整套下来，客户会交上近 20000 元，但是分项每一笔都不到 2000 元，不够立案标准。

20000 元的 40% 就是 8000 元！

这样的钱来得太快了，新手一个月能做成三四单，但很多老手，一个月能做成十多单，而整个公司，十几层楼，粗略估计，有上万名员工。

"按你们这么说，应该每月都有数万人被骗了？"

"至少。"

"那我们应该会接到报案的啊？"

"警官，这也正是我们想说的。

"这类案件几乎没人报案。因为许多人真的以为公司是在

212

帮他们开网店。毕竟，他们确实得到了一个网店。他自己不会开，花钱请别人代开，付钱是正常的。网店开起来了，不会选品，花钱请别人帮忙选品、上货，也是正常的；店开起来了，没人来买，需要找人花钱做广告、做宣传，也是正常的；小店有点起色了，但一直不温不火，花钱找人上上课，也是正常的。在这种情形下，没人会报警。而且，公司每次收取的钱都不多，最后干不成，很多人都会认为这是一场失败的投资。

"就算有人报案，金额都是2000元以下的诈骗，是不会被刑事立案的。

"最关键的是，大部分被骗的，都是已经有家室的已婚男性，他们在网上找年轻异性聊天、谈恋爱，这种出轨行为害怕家人知道，他们绝不会报警，甚至就算找到他，他都不会承认的。"

由于无人报案，正所谓"民不举，官不究"，诈骗集团就是钻了这种法律空子，以小额多笔的方式，骗取他人钱财，还巧妙地利用人性的阴暗隐匿自己。

没有血腥暴力，仅仅依靠精心编写的一个个剧本，就掀起了一场不见硝烟却血雨腥风的战局。

电信诈骗这类侵财案件，可怕之处体现在多个方面。这类案件涉案金额常常十分庞大，案件种类繁多且极为复杂。比如，"杀猪盘"对受害者伤害极大，能让受害人多年积蓄化为乌有；网络赌博案件危害范围广，影响恶劣；还有一些以电信诈骗为源头，进而对受害者人身安全造成危害的复合型案件。另外，还有专门针对老年人的保健品诈骗案。更多的则是看似危害较小、类似江湖骗术的案件，它们数量庞大、种类繁杂，危害范围广泛。

最可怕的是，身陷其中的人都有可能成为犯罪者。

从刷单这种扰乱市场秩序的行为，到网贷、裸贷背后隐藏的金融陷阱与道德风险，再到保健品骗局等，每个人都可能在毫无察觉之时，就成了加害者。

2016年年底，公安部刑侦局接到互联网安全志愿者"龙虎兄弟"的报案。"龙虎兄弟"此前通过卧底，搜集了关键数据。基于这些数据，公安部刑侦局在全国二十六个省、市、自治区组织开展了集中打击行动。抓获涉案嫌疑人8716名，涉案金额近100亿元。

2017年，公安部成立反诈平台，该平台于2021年升级为国家反诈中心。仅2021年，国家反诈中心共紧急止付涉案资金3200余亿元人民币，拦截诈骗电话15.5亿次，成功避免2800余万名民众受骗。与此同时，公安机关也展开了强有力的打击行动，共破获电信网络诈骗案件44.1万余起，抓获违法犯罪嫌疑人69万余名，打掉涉"两卡"违法犯罪团伙3.9万个，追缴返还人民群众被骗资金120亿元。

2025年1月10日，公安部在京召开专题新闻发布会，通报一年来全国公安机关维护国家政治安全和社会稳定，以高水平安全保障高质量发展，为推进中国式现代化保驾护航取得的成效情况。2024年，全国刑事案件同比下降25.7%，治安案件同比基本持平，社会治安形势持续保持平稳。

2024年公安部联合四部门携手出台《电信网络诈骗及其关

联违法犯罪联合惩戒办法》，打击电信网络诈骗犯罪取得显著成效。截至 2024 年年底，已累计抓获中国籍涉诈犯罪嫌疑人 5.3 万余名，彻底摧毁臭名昭著的缅北果敢"四大家族"犯罪集团，临近我边境的缅北地区规模化电诈园区被全部铲除，专项工作取得阶段性重大战果，带动全国电信网络诈骗立案数和损失大幅下降。

十二、最后一课

2023 年年底，我到了退休年龄。刚退休那段时间，真有点不适应。忙惯了，忽然闲下来，不知道要干些什么。老伴儿比我退休早两年，她倒是非常适应，她和女儿两个人每天侍弄着外孙子，我看着她们每天忙着做饭，教孩子学这学那，唠不完的家常话，我插不上嘴，也帮不上忙。当了一辈子警察，除了工作，也没有什么爱好，就是想上班，除了上班，好像自己是个没用的人。

心理上还能自我安慰，告诉自己要调整状态，适应新的生活节奏，当下最大的任务就是保养好身体。以前一直想着退休后带老伴儿出去看看祖国的大好河山，可没想到，老伴儿一门心思都放在外孙身上，根本不愿意出去。

女儿女婿工作都忙，疫情过后单位效益不太好，他们俩总是担心被裁员。我就劝女儿："再怎么裁员，日子也比以前好太多了，房子车子都有，银行里也存了些钱，总不至于吃不上饭。"可女儿不这么想，她总觉得心里不踏实，缺乏安全感。

其实最让我不适应的是生理反应。身体之前一直像高速转动的齿轮，惯性还在，和我较着劲，多睡一会儿就头晕，手脚也会不受控地多动。一个人闲着时，时间仿佛都放慢了。原本以为人老了，时间会过得飞快，可我怎么感觉时间变得这么漫长，一天就像有四十八小时似的。

究竟怎样才能让自己的生活充实起来呢？我尝试了不少办法，练习书法、学摄影、钻研厨艺……可很快就都放弃了。一来，我确实没什么艺术细胞，不是那块料；二来，我打心底觉得这些事情没什么意义，不喜欢。

我开始怀念过去的日子，试图从回忆里找点慰藉，就像给我这停滞的"齿轮"做个保养。但探寻记忆比破案还难，很多记忆都模糊了。也许很多人可能不会在意，但对我来说，很痛苦。

如果能找个人一起喝喝酒吹吹牛，可能会快乐些，但我总是拉不下这张老脸，大家都在忙，谁有时间会陪着我喝酒吹牛呢？

以前工作忙的时候，电话不断，我不得不把电话设置成静音，根本不想听到电话响。可现在，我的电话不再静音，却也一整天都不响。偶尔接到个诈骗电话，即便来电提示上醒目地标着"诈骗电话"或者"骚扰电话"，我还是忍不住赶紧接起来。就算知道对方是骗子，我也想和他聊上几句。

"你这剧本老了，该换了吧。"

"嘟嘟……"对方挂断了电话。

"你这声音也不像北方人啊，是骗子吧？"

"嘟嘟……"对方挂断了电话。

"你还敢假冒公安机关，公安局啥时候办案会直接打电话？"

"嘟嘟……"对方挂断了电话。

"你别说，我要是老年痴呆了，还没准儿真会上你的当。"

"嘟嘟……"对方挂断了电话。

"你咋不想想，你这么说能唬住人吗？你跟我说说你骗了多少人。"

"嘟嘟……"对方挂断了电话。

"年轻人，你挺聪明的，聪明一定要用在正道上，诈骗是要坐牢的。"

基本上我一说这些，那边电话就挂断了。

我时常会想，自己当了一辈子警察，难道退休之后就真的没用了？好在师傅雪中送炭，推荐我去国内几家警校担任客座教授，给警校的学生们授课，讲讲我亲身经历的案件。每次去上课，和朝气蓬勃的年轻人待在一起，我都特别开心，就像一下子回到了四十年前，我和小张一起听师傅讲课时那种热血澎湃的感觉。

渐渐地，我吃得越来越少，有时候稍微吃一点就肚子疼，想吐。一开始，我以为是自己活动量太少，缺乏锻炼，才老是觉得浑身没力气。后来去体检，才发现自己得了结肠癌，而且已经扩散到肝部了。

得知体检结果，老伴儿很害怕，我叮嘱她别把这事儿告诉别人。我不害怕死，真的不害怕，让我害怕的东西都消失了。女儿向来孝顺，我相信她能照顾好老伴儿，这点我也不担心。

我请求医生重新出具了一份身体健康的体检报告，用来糊弄女儿。那天，女儿拿着体检报告看了许久，看到"身体健康"的结论后，过了好一会儿她才说：

"那你的胃是怎么回事？"

"胃能有什么事？"

"你还是去医院做个肠胃镜吧。"

"不做。"

"爸，你能不能听听劝……"

"不做！没病去什么医院？不去！"

"爸！"

我跟老伴儿都交代好了，立了遗嘱，再三叮嘱她：如果有一天我说不出话了，不进 ICU、不插管、不做心肺复苏……

那几天，老伴儿每晚都偷偷哭，女儿在的时候，她就强撑着，装作没事的样子。可只要女儿不在，她就开始劝我去治疗，还说她查过了，肠癌是最容易治好的，只要做手术，再配合化疗，治愈的概率很大。但我心里清楚，癌细胞已经转移到肝脏了，情况不像她想的那么乐观。

当了一辈子警察，见过太多的生死聚散与悲欢离合，每一起案件的背后，都是好几个家庭的不幸。和那些遭遇不幸的人相比，能做个普通人，健健康康地和家人相伴，我此生就满足了。所以每次看到女儿对外孙子寄予厚望，我就担心外孙子压力太大，不想让他被学业压得喘不过气。现在的孩子太不容易了，生活里似乎除了学习还是学习。本来学习应当是件快乐的事，能享受获取知识的快乐、增长见识的快乐、尝试新事物的快乐，可如今，又有多少孩子能在学校里找到快乐呢？

那天，我照常去刑警学院讲课。走在熟悉的校园里，看着现在的学生们普遍都很高，一米八、一米九的随处可见。

那天课程的内容是审讯技巧，就以如何拿下宋氏兄弟作为案例来讲，学生们听得全神贯注。讲课技巧是我跟师傅学的，虽说我还达不到他那种引人入胜的程度，但毕竟跟了他多年，也学到一些真传。

讲完案例我问同学们："你们有没有秘密？如果有，什么时候愿意把心底的故事讲给别人听？会讲给谁听？"

很多同学都表示有，我问一个同学：

"你的秘密、你的隐私，你会愿意讲出来吗？"

"我……应该会。"

"好吧……"这和我预想的不太一样。

"那你愿意讲给谁听？"

"我父母吧。"

我哭笑不得，这是个实诚孩子，一看就是好学生、乖孩子，如果审讯真的能这么简单就好了。我又问了几个同学，有愿意和朋友说的，有愿意和女朋友说的，还强调说他什么事都不会瞒着女朋友。这下给我整蒙了。我打眼一扫下面的学生，就看出来哪个是他的女朋友了。女孩被我看破，脸都红了。

"那你是个好男人嘛。"有同学接茬，其他人大笑，看来他们都知道他俩谈恋爱的事。

看这情形，我只能转变策略。

"我再强调一遍！我说的秘密、隐私，可不是你瞒着家长

220

谈了恋爱，也不是偷偷上什么黄色网站。我说的是源于你心底某个瞬间闪过的那一丝最为黑暗的想法，以及内心滋生的欲望与冲动。这样的欲望、这样的隐私，你有吗？"我向一个同学提问。

"我？没有吧……"

全班都陷入了短暂的沉默。

"如果有，你会说吗？"

又是一次短暂的沉默。

我看着他们，我心里知道答案。欲望，人人都会有。人天生就充满好奇心，身体本能地渴望从各种途径获取多巴胺。不知为何，我突然觉得接下来不该只讲审讯技巧，毕竟技巧总有学会的一天。但如果这是我最后一堂课，我更希望让学生们明白，警察是如何战胜欲望的。

"我知道你们都是品行端正的好孩子，要是政审不过关，你们也没机会坐在这里。我当了一辈子警察，对自己的判断很有信心，我相信你们都不会通过犯罪手段去满足自身欲望。我年轻的时候也是如此，那时我有个战友，那时我还被大家叫作小李，他被叫作小张，我们当时坐火车前往鲲城报到……"

不知道为什么，我就讲到了小张，那个聪明过人的小张。我跟学生们讲了那次追逃的惊险过程，讲了命运的无常，讲了正义的坚守，还讲了我们曾经一起多次听课学习的那些内容。

"那时候，我们也常邀请国外的专家来给我们讲课。就拿讲爆炸案来说吧，他们讲什么爆炸物的收集，得把周围的碎片、残骸、烧焦物之类的统统收集起来。这些我们原本就知

221

道，后来，听来听去发现，他们也就那样。也说不定是他们有所保留，不想传授真本事，但其实这些知识我们自己也能摸索出来。"

"现在回头看，咱们国家每一步走得都是对的，体制建设不断完善，枪支严格管控，等等这些举措太重要了。"

那一刻，我有点管不住自己，脑海中不停地浮现出刘国栋和杨德众的模样。我又絮絮叨叨地说了好多，紧接着，有些话就不由自主地脱口而出："我们的警察就是他妈的全世界最好的警察，中国现在就是全世界最安全的国家。我们当警察的，就要对得起'人民的警察'这五个字。"

那一刻，我感觉自己有点像杨德众局长，那种说出的话就能让人信服的感觉，像他。

我能感觉到同学们是相信我的，正如我相信师傅、相信杨局……

三个月后，我的身体状况急剧恶化，连下床都极为困难，生病的事情再也瞒不住了。杨德众局长知道后，第一时间给我安排了最好的医院，医院院长亲自来病房看望我。我听见他认真地向医生、护士们交代："这位可是大名鼎鼎的全国打黑英雄、打拐英雄，你们一定要竭尽全力照顾。家属提出的所有合理要求，都要尽量满足，安排一级护理。"

我注意到医生、护士纷纷将目光投向我，他们眼中的情绪，我很熟悉。那是荣立战功，颁奖领导为我挂上奖章时，眼中透露出的赞许与认可；是获评"百佳刑警"，站在演播室舞台上，现场观众投来的钦佩与敬重；也是我小时候拿到奖状飞奔回家，父母眼中满溢的骄傲与欣慰。种种回忆涌上心头，我嘴角上扬，露出了满足的笑容。

住院后，我的身体变得很差，已经吃不下饭，只能吃流食。医生给我开了一种营养粉，说里面包含了各种营养成分，吃这个就能满足人体必需的营养需求。我像婴儿喝奶一样，一天要吃五六次。要是仅仅如此，我觉得还能接受，可我连下床的力气都没有，上厕所也只能在床上解决，这让我特别难为情，觉得自己越来越没用了。

女儿知道了我的病情，在我面前，她装作什么都不知道，还说被单位裁员了，正好有时间来照顾我，这样还能省下请护工的钱。我心里明白，她是为了专心照料我，才主动辞去工作的，她可瞒不过我。她和老伴儿天天守在我身旁，精心照顾着我，变着法儿地逗我开心。

在病床上的日子，我嗜睡少醒，每天都昏昏沉沉的，没有了时间的概念。直到有一天，在蒙眬中，我看到师傅刘国栋和杨德众局长来探望我。家人都在，和他们一起围坐在我身旁。女儿和老伴儿一直紧紧拉着我的手。

我心里清楚，我的生命或许即将走到尽头。奇妙的是，此刻我的头脑是清醒的，望着围在身边的他们，无数话语在脑海里翻涌，想要说出口。可我的身体已经不允许我多言。那些刚在脑海里浮现的念头，一个接一个地溜走，我拼命想抓住，却怎么也留不住。

我断断续续地轻轻问师傅："师傅，追悼会上，你怎么说？"

师傅看着我，我明白那种眼神，我们刑警对生死都有自己的理解。

师傅把手放在我的手臂上，说："李国安是一个好同志、好警察，是我的好战友！"一字一顿，铿锵有力。

我看见，那个老虎一样的男人哭了……

德众局长握着我的手，使劲握了一下，我感觉到他的手抖了一下："老李，你是一个好刑警、好丈夫、好父亲。"

我看见老伴儿和女儿都哭了。

我张开嘴，想说：别哭，应该笑。人都有这一天，我这一生，值得。

我知足地闭上眼，梦见我回到了李家庄，回到了村南头，眼前是如靠背椅般的青山绿水。这里有我的父亲母亲、爷爷奶奶、曾祖父曾祖母……他们都张开双臂欢迎我："好孩子，欢迎回家。"

这就是我，李国安，一个中国警察的故事。

2025 年 1 月 10 日北京

图书在版编目（CIP）数据

中国往事·侠之大者 / 刘汉霖著 . -- 北京：作家
出版社，2025. 3. -- ISBN 978-7-5212-3294-3

Ⅰ. Ⅰ247.5

中国国家版本馆 CIP 数据核字第 2025YB8344 号

中国往事·侠之大者

作　　者：刘汉霖
责任编辑：丁文梅
装帧设计：完若刚
出版发行：作家出版社有限公司
社　　址：北京农展馆南里 10 号　　邮　　编：100125
电话传真：86-10-65067186（发行中心）
　　　　　86-10-65004079（总编室）
E-mail:zuojia @ zuojia.net.cn
http://www.zuojiachubanshe.com
印　　刷：唐山玺诚印务有限公司
成品尺寸：142×210
字　　数：150 千
印　　张：7.375
版　　次：2025 年 3 月第 1 版
印　　次：2025 年 3 月第 1 次印刷
ISBN 978-7-5212-3294-3
定　　价：52.00 元